GRIMALKIN

GRIMALKIN
À LA RECHERCHE DU DERNIER TESTAMENT DE NOSTRADAMUS

Par RIMIQUEN

© 2019 RIMIQUEN

Édition : BoD – Books on Demand

12/14 rond-point des Champs-Élysées, 75008 Paris

Impression : BoD – Books on Demand,

Norderstedt, Allemagne

ISBN : 9782322151233

Dépôt légal : Août 2019

Je tenais à remercier toutes celles et tous ceux qui me suivent fidèlement à travers mes aventures, sans oublier mes fidèles de twitter. Sans vous ce rêve ne se serait pas réalisé.

Vous le savez ma phrase fétiche, est « Fais de ta vie un rêve, et d'un rêve, une réalité » de Saint-Exupéry. J'ai réalisé les miens, je vous souhaite d'en faire autant.

CHAPITRE 1

Il faisait déjà si chaud que Zoé sentit les gouttes de sueur couler dans son cou. Un coup d'œil à son ordinateur de bord lui indiqua qu'elle arrivait à destination. Elle regarda sur sa droite et aperçut l'hôpital, un magnifique bâtiment ancien. Parfait ! Elle ne s'était pas trompée, merci la technologie. Zoé ne put s'empêcher de sourire, sa prochaine indication, était de tourner à droite en direction de l'IUT de Salon de Provence.

Le feu venait de passer au rouge, elle en profita pour s'observer dans son rétroviseur. Ce long trajet l'avait épuisée. Son teint était très pâle ses taches de rousseur semblaient ressortir encore plus. Ses grands yeux bleus étaient cernés. Un nuage de boucles blondes auréolait son visage.

Elle grimaça, peut-être aurait-il mieux valu qu'elle aille se rafraîchir avant, mais elle avait tellement hâte d'en finir avec les formalités, qu'elle avait décidé de passer en premier à l'IUT. Ainsi, elle s'accorderait ensuite trois jours de repos, avant la rentrée universitaire. Elle en soupira d'aise.

Le feu passa au vert et Zoé redémarra avec un grand sourire sur les lèvres, la fatigue semblait s'envoler, elle touchait au but. Sa nouvelle vie allait commencer ici, dans cette ville.

Bon d'accord, elle avait un peu d'appréhension, de la joie aussi. En fait, des sentiments plutôt confus. C'était la première fois qu'elle se retrouvait ainsi toute seule pour affronter la vie.

Elle avait fait le trajet en deux jours, dormant dans sa voiture pour économiser son argent au maximum. Bien sûr, elle aurait pu récupérer d'abord les clés de son logement. Comme le lui avait recommandé son père, mais Zoé était têtue, elle voulait s'assumer seule, décider par elle-même.

Zoé était fille unique, ses parents avaient divorcé quand elle n'avait que cinq ans, autant dire qu'elle ne se souvenait pas d'un repas familial, ballotée entre son père et sa mère. Une séparation très difficile, la garde de Zoé fut au cœur de débats permanents. Le moindre retard, avait donné lieu à des récriminations sans fin.

Ils l'aimaient, Zoé en avait la certitude. Son père était même un peu trop protecteur. C'était un haut responsable dans une entreprise internationale et il partageait son temps entre Londres et leur maison. Zoé fronça son petit nez, enfin ça, c'était avant.

Maintenant, il s'était remarié avec une professeure à Londres, très sympathique, et ils attendaient leur premier enfant. Zoé s'était sentie rejetée, c'était idiot, mais elle voyait bien, qu'elle était dorénavant considérée comme une invitée. Son cœur se crispa à cette idée.

Sa mère elle, venait de s'installer définitivement à Lisbonne, Elle y avait rencontré son nouveau compagnon lors d'un congrès de dentistes. Depuis, c'était l'amour fou. Elle voulait vivre intensément cette passion avec Raoul un veuf, père de deux petites filles adorables, âgées de quatre et six ans. Comment lui en vouloir ? Pensa Zoé tristement. Sa mère avait bien raison, jusqu'à ce jour elle avait consacré tout son temps à sa fille.

Mais au fond d'elle, Zoé ressentait un sentiment de perte, de solitude qui faisait mal. L'impression que la dernière molécule de sa famille venait d'éclater, chacun partant dans une direction. Toute sa vie, elle avait eu la sensation de ne pas trouver sa place, d'être toujours de trop, de déranger.

Alors, venir ici, lui avait paru une très bonne idée, une façon de devenir adulte. Elle attaquait une nouvelle étape de sa vie, rien que ça !

Zoé se reconcentra sur sa route. Voilà ! Pensa-t-elle, il faut encore une fois tourner à droite et j'y serai. Subitement un chat noir traversa devant elle, l'obligeant à freiner brusquement pour l'éviter, sa voiture cala. Elle entendit un coup de frein puissant derrière elle.

Zoé essaya de redémarrer, sans succès.

- Oh ! Non, non, et non. Ne me fais pas ça. Pas maintenant ! Je t'en supplie murmura-t-elle à sa voiture. Bon ! Il ne restait plus qu'à aller se confondre en excuses auprès du chauffeur derrière elle, qui venait de descendre de sa voiture. Pourvu que ce ne soit pas un surexcité, pensa-t-elle.

Zoé sortit en pestant contre ce chat de malheur, noir de surcroît, il ne manquait plus que cela.

- Je suis vraiment désolée, dit-elle en se dirigeant vers lui. Un étudiant sûrement, il semblait avoir le même âge qu'elle. Il était très grand, brun avec des yeux couleur chocolat si doux, que cela rassura un peu Zoé.

Elle jeta un coup d'œil au véhicule, et aperçut une fille sur le siège passager. Elle avait de longs cheveux blonds qu'elle triturait nerveusement. Des yeux bleus, un air revêche. Sûrement sa petite amie pensa Zoé qui la vit sortir du véhicule, furieuse.

D'un geste, le garçon lui intima de se calmer en se retournant vers elle, avant de reporter son attention sur Zoé.

- T'inquiète ! J'ai de bons freins, tu vas bien ? Lui demanda-t-il.

- Quoi ! Tu te soucies pour elle ? Et nous alors ? Elle a failli provoquer un accident, hurla la blonde inconnue.

Zoé déglutit avec peine. Pour un début ce n'était pas réussi.

- Je suis vraiment désolée insista Zoé en mettant les mains devant elle.

Malheureusement, cela ne calma pas cette furie blonde.

- Un chat noir a traversé brusquement devant moi, j'ai dû piler. Insista Zoé d'un air désolé.

- Ce n'est pas grave, plus de peur que de mal, répondit-t-il avec un sourire engageant.

Zoé grimaça en regardant la blonde remonter en voiture.

- Oui, mais ta copine ne semble pas de cet avis.

- Oh ! Sophie, ce n'est pas son jour. Ne fais pas attention à elle. Au fait, je suis Nicolas et toi ? Je vois que ta plaque n'est pas d'ici, tu viens pour étudier à l'université ?

- Oui, j'arrive de Brest autant dire, du bout du monde, dit-elle en faisant un clin d'œil. Je suis Zoé KILHOURZ, je viens de m'inscrire à l'IUT, en GEII.

- Oh génial ! On est tous les trois dans la même section.

Zoé se mordit la joue, pas sûr que la blonde belliqueuse apprécierait de la retrouver.

- Bon alors ! Elle la bouge sa caisse ? Hurla celle-ci, en passant la tête par la vitre.

- Oui, oui ! Pas de problème, je me déplace, précisa Zoé en remontant en voiture.

Malheureusement, malgré tous ses efforts et ses prières, celle-ci refusa de redémarrer. Maudit chat noir ! Pensa Zoé, il lui avait porté la guigne. Elle qui détestait les chats depuis toujours, ce n'était pas près de changer. Dire que cet ingrat s'en était allé, sans même un regard. Après tout, elle lui avait épargné sa maudite vie, à ce chat.

Elle vit Nicolas redescendre de voiture et se pencher vers elle, pendant que Sophie vociférait.

- Si tu as beaucoup roulé, ce n'est pas surprenant, elle a calé. On va la laisser refroidir un peu et on réessayera après. Je vais la pousser sur cette place, dit-il en montrant un emplacement libre sur le parking.

Zoé se confondit en remerciements, Nicolas était vraiment quelqu'un de sympathique, son sauveur. Elle entendit Sophie protester. Celui-ci, lui répondit en haussant les épaules. Il déplaça la voiture rapidement, heureusement qu'il était là, se dit Zoé.

- Que comptes-tu faire maintenant ? Demanda-t-il gentiment.

- Je vais déposer les pièces manquantes à mon dossier, puis je me rendrai à l'agence immobilière pour récupérer les clés de mon studio. J'espère que ma voiture pourra repartir.

- Parfait ! Nous aussi on dépose des pièces. Je me gare à côté de toi, on y va ensemble, comme ça, je pourrai m'assurer que ta voiture redémarre.

Zoé put entendre Sophie ronchonner de nouveau avec virulence.

- C'est un boulet cette fille, on ne va pas perdre plus de temps à cause d'elle !

Zoé se mordit les lèvres, quel dommage qu'un gars aussi gentil, supporte une fille aussi agressive.

- Elle a raison, tu as assez perdu de temps. Je ne veux surtout pas déranger tes projets.

- T'inquiète ! Dit-il en lui offrant un grand sourire. Elle crie mais ne mord pas, hein ! Sophie.

Zoé n'en était pas si sûre. Ils déposèrent rapidement leurs dossiers. Malheureusement, à son retour, sa voiture refusa obstinément de démarrer. Zoé en aurait pleuré de rage, maudite voiture ! Maudit chat ! Sa nouvelle vie commençait décidément très mal.

- Bon écoute, donne-moi l'adresse de ton agence. Ensuite, on met dans ma voiture tous tes bagages, on t'y emmène, et je reviendrai avec un copain, il s'y connait en moteur.

- Non mais arrête Nico, c'est bon, on a assez perdu de temps comme ça. Laisse-là se débrouiller, ce n'est pas notre problème.

Zoé vit un éclat de fureur passer dans le regard de Nicolas, pour la première fois, il se retourna un peu brusquement vers Sophie.

- Tu as raison Sophie, au passage je te dépose chez-toi. Comme cela on ne te dérangera plus. Ça te va ?

Zoé se mordilla les lèvres, confuse d'être la cause d'une dispute entre eux. Elle vit la blonde Sophie ouvrir grand la bouche, devant la colère froide de Nicolas.

- C'est bon, dit-elle en croisant les bras, je ne dirai plus rien.

Sophie remonta en voiture, pendant que Nicolas l'aidait à charger. Heureusement qu'il avait un véhicule spacieux. Elle lui donna l'adresse, mais il connaissait bien l'endroit.

Il se gara à proximité de l'agence et Zoé descendit rapidement, trop heureuse d'échapper à l'atmosphère lourde de la voiture, Sophie continuait de faire la tête.

Malheureusement ce fut une Zoé au bord des larmes qui revint quelques minutes plus tard.

- Que se passe-t-il ? Demanda inquiet Nicolas.

- Ils ont loué mon studio à quelqu'un d'autre.

- Quoi ! Mais ils n'ont pas le droit. Tu avais déjà payé ?

Zoé ne put empêcher ses larmes de couler. Elle hocha la tête puis, lui montra le dossier et le chèque que la responsable de l'agence venait de lui rendre.

- Ce n'est pas juste ! Tu sais il y a des lois, elle n'a pas le droit de faire cela.

Elle haussa les épaules de désespoir. Décidément, ce maudit chat noir lui avait porté la guigne, elle cumulait les catastrophes. Même Sophie sembla émue par sa mésaventure. Elle devait vraiment faire pitié.

Zoé se sentait épuisée, nerveusement et physiquement, elle ne rêvait que d'un bon lit et d'une bonne douche. Toute la fatigue venait de la rattraper, sa bonne humeur s'envola, ainsi que l'excitation de son nouveau départ dans la vie. Elle n'avait qu'une envie, se pelotonner en boule et dormir, pour oublier ce cauchemar.

- Que vas-tu faire ? Demanda Nicolas, en s'approchant un peu plus.

Zoé haussa les épaules.

- Elle n'a plus rien à me proposer. Elle a appelé des confrères, mais avec la rentrée universitaire dans trois jours, il n'y a plus rien, du moins dans mes moyens. Elle s'est excusée, sincèrement désolée. Mais, moi en attendant, je suis à la rue.

- Oh ! La cata. Tu ne peux pas appeler tes parents, qu'ils rajoutent un peu pour le loyer ?

Zoé baissa tristement la tête.

- Ma mère est partie vivre au Portugal avec son nouveau petit copain, et mon père lui, passe sa vie à Londres, avec sa nouvelle femme, qui n'a que huit ans de plus que moi. Ils m'ont remis une somme d'argent en me disant de me lancer dans la vie, de prendre mon envol. Je n'ai pas envie de montrer à quel point je suis nulle, en leur réclamant encore de l'argent à peine arrivée.

Nicolas la regarda avec tristesse, même Sophie eut un sourire compatissant. Mais Zoé était décidée à réussir son départ dans la vie. Après tout, ce n'était qu'un désagrément. Bon d'accord, c'était catastrophique, mais quand même pas la fin du monde, elle le surmonterait. Courageusement, elle afficha un sourire sur son visage.

- Cela t'ennuierait de me ramener à ma voiture s'il te plait ? Je suis désolée de te déranger encore.

- Non bien sûr, mais je te rappelle que ta voiture est en panne. Que veux-tu faire là-bas ?

Zoé soupira.

- Déjà, dormir un peu dans ma voiture, après j'aviserai. Tu sais, même si je dois passer une nuit dans mon véhicule ce n'est pas grave, cela ne serait pas la première fois.

Nicolas mit les mains sur ses hanches.

- Pas question de t'abandonner ainsi. J'ai une idée, on va aller chez ma grand-mère. Ce n'est pas très loin de l'université, juste à la sortie de la ville. Elle a un grand Mas qui comprend deux studios. Un que j'occupe, mais l'autre est libre.

Zoé avait le cœur battant, la roue tournerait-elle enfin ? Mais sa raison lui conseilla de se calmer un peu. D'abord, il fallait que cette vieille dame accepte de le lui louer. Ensuite, il fallait espérer qu'il soit dans ses tarifs. Mais, une petite flamme d'espoir grandissait en elle. Zoé ne put s'empêcher de sourire.

- Ouais ! Bein ne rêve pas. C'est une vieille folle, intervint Sophie. Elle a refusé de me le louer.

La petite flamme d'espoir s'éteignit d'un coup, et pof ! Retour à la case départ. Zoé fronça les sourcils, pourquoi avait-elle refusé de le lui louer ?

- Tu sais très bien pourquoi, soupira Nicolas, et ma grand-mère n'est pas folle. C'est sa maison, elle a le droit d'y faire ce qu'elle veut. Elle ne voulait pas que nous habitions côte à côte.

- Tu parles ! Elle doit avoir Alzheimer, bougonna Sophie.

- Ce n'est pas grave, je te remercie Nicolas de m'offrir cette possibilité. Je veux bien tenter ma chance, si par bonheur elle acceptait, cela me sauverait la vie.

- Ouais ! Alors tu as intérêt à aimer les chats, précisa Sophie.

Aïe ! Zoé grimaça, décidément cela démarrait mal. Elle détestait les chats, mais bon, s'ils lui permettaient de se sortir de cette situation, elle se promettait de faire un effort, même de pardonner à ce maudit chat noir. Elle haussa les épaules.

- Je ne suis pas fan des chats, mais je peux m'en accommoder, répondit-elle en regardant Sophie.

- Oh ! Mais tu n'as pas compris. Ce n'est pas toi qui comptes, insista Sophie en croisant ses bras sur sa poitrine.

- Comment ça ? Rétorqua Zoé étonnée.

- Cette vieille folle demande aux chats de choisir. Il y en a un surtout qui se démarque des autres, tu verras, il est bizarre, il te fixe, ce chat est flippant. Alors tu imagines. C'est une vieille cinglée, je te dis. Le chat m'a ignorée. Elle m'a dit que je n'étais pas l'élue, tu parles, une véritable malade.

Zoé ouvrit grand les yeux. Pour elle un chat était égoïste, indépendant, et sale. Ce petit félin grimpait partout, ne respectait rien. Cet animal ne pouvait pas donner d'affection. Il venait juste pour sa gamelle, et vous obligeait à nettoyer ses déjections, bref ! L'animal le plus rebutant. Comment aimer un animal qui vous prenait pour son esclave ? Mais bon ! Elle ferait profil bas. Zoé déglutit avec peine, savoir que son avenir dépendait d'un chat n'était pas rassurant.

Nicolas soupira, désespéré de voir Sophie critiquer sans cesse sa grand-mère.

 - Ne l'écoute pas ! Tu verras, ma grand-mère est plutôt sympa. Un peu spéciale, mais cool, affirma-t-il avec un grand sourire.

- Oh ! J'adore le « un peu spéciale » gloussa ironiquement Sophie.

Zoé l'entendit ricaner. De toute façon, elle n'avait pas le choix, alors autant affronter cet horrible petit félin, détenteur de son avenir. Peut-être, devrait-elle mettre un peu de thon dans sa poche ? Pensa Zoé en remontant en voiture.

CHAPITRE 2

Zoé avait le cœur battant, assise à l'arrière de la voiture de Nicolas, elle découvrait le paysage. Plaire à cette grand-mère excentrique, était son dernier espoir de dormir dans un bon lit.

Elle était si épuisée par tous ces derniers évènements, qu'elle n'avait qu'une envie fermer les yeux et tout oublier. Mais voilà, elle devait satisfaire au test-chat. Elle fronça les sourcils, en quoi cela consistait-il ? Pourvu, que ce fameux petit félin ne crache pas furieusement en l'apercevant. Elle soupira tristement, vu toutes les catastrophes qui s'abattaient sur elle depuis le début de cette journée, elle craignait le pire.

- Tiens ! Regarde nous arrivons. Tu vois cette grande propriété sur ta droite, nous longeons la maison de ma grand-mère. Zoé se rapprocha de la vitre, curieuse d'en apprendre un peu plus. Elle ne put retenir une exclamation de surprise, c'était immense, un portail incroyable en fer forgé noir, grand ouvert, donnait accès à une allée de platanes, typique de la Provence. Tout au bout, elle aperçut une vieille fontaine surmontée d'un dauphin. Nicolas en fit le tour et se gara juste devant un escalier majestueux en pierre blanche. Zoé était stupéfaite, elle ne s'attendait pas à cela.

- Mais… Mais, c'est un château !

Nicolas se mit à rire.

- Non ! Juste un Mas Provençal, il a toujours été dans ma famille, depuis la nuit des temps d'après grand-mère. Allez viens ! Ne te laisse pas impressionner. Surtout reste toi-même, sinon les chats vont ressentir ton angoisse, ton malaise.

Rester soi-même, ne pas angoisser. Hum ! Facile à dire, Zoé avait les mains moites, et ses palpitations cardiaques battaient tous les records. À coup sûr, ce chat allait lui sauter à la gorge.

Sophie la regarda un petit sourire en coin, attendant sûrement sa défaite avec délectation. Zoé passa sa langue sur ses lèvres devenues subitement sèches et rejoignit Nicolas qui les attendait.

- Allez, venez ! Grand-mère doit être derrière sur la terrasse, à prendre le frais.

Zoé entendit les gravillons crisser sous ses pas, les cigales chanter dans les arbres. Il faisait encore très chaud, mais cela n'expliquait pas le filet de sueur qu'elle sentait couler entre ses omoplates. Elle avait peur tout simplement. Elle devait s'attendre à un échec, dans ce cas-là, surtout ne pas se mettre à pleurer, rester forte. Dans la vie des épreuves, elle en rencontrerait, bon d'accord ! C'est vrai que depuis ce matin elle les cumulait.

Elle aperçut une vieille dame vêtue d'une robe bleue, assise près d'une table en fer forgé blanc. Une de ses mains reposait sur une canne qui brillait sous le soleil, celle-ci semblait très ancienne, ouvragée, en argent.

Mais, ce qui figea net Zoé, fut le regard perçant, acéré qui se posa sur elle. Un regard bleu comme le ciel, mais si intense qu'elle déglutit avec peine. Elle avait dû être une superbe femme, grande, mince. Ce que l'on remarquait, c'était cet aura de distinction qui émanait d'elle, sa façon de se tenir, l'élégance de sa tenue, son chignon bas sur sa nuque. Zoé pouvait sentir les pulsations de son cœur dans sa gorge.

Nicolas s'approcha, il déposa un baiser sur la joue parcheminée de la vieille dame, son visage s'adoucit immédiatement, ce qui desserra un peu l'étau autour du cœur de Zoé. Cette grand-mère n'était peut-être pas aussi effrayante après tout. Nicolas lui expliqua la situation.

- Approchez-vous ! Ordonna-t-elle d'une voix forte et autoritaire, en tapant sa canne sur le sol.

Zoé crut entendre ses os s'entrechoquer, mais avec Sophie elles firent quelques pas en avant et saluèrent la vieille dame avec respect.

- Bonjour bécasse, dit-elle en s'adressant à Sophie.

- Tu vois ce que je te disais, elle ne m'aime pas. Elle ne cesse de m'insulter, bon courage ! Lui murmura Sophie.

- Arrête de te plaindre bécasse. Alors mademoiselle, quel est votre nom ? Demanda-t-elle en la transperçant de son regard bleu glacial.

- Euh ! Je m'appelle Zoé KILHOURZ madame. Je… Je suis désolée de vous déranger, mais Nicolas m'a dit que vous auriez peut-être un petit studio à louer ?

- Hum ! C'est exact jeune fille. Mais il a dû vous dire qu'il y avait certaines conditions ?

- Oui, bien sûr, et il faut aussi que le prix du loyer corresponde à mes moyens.

La vieille dame tapa de nouveau le sol avec sa canne, zoé tressaillit de nouveau.

- Ce n'est pas l'essentiel. Je suis sûre que bécasse a dû vous parler du test, dit-elle en fixant Sophie qui se mit à rougir.

- Oui, madame.

- Aimez-vous les chats ? Demanda-t-elle en plissant les yeux.

Zoé déglutit avec peine, le nier confirmerait son échec, mais d'un autre côté avec les animaux on ne pouvait pas mentir, ils le sentaient. Après tout, dans la vie tout n'est pas noir ou blanc, pourquoi ne pas évoluer dans le gris ? Rester floue.

- En fait, je n'en n'ai jamais eu. Donc, je ne les connais pas bien. Répondit-elle doucement, tout fière d'avoir évincé une réponse directe, bravo Zoé ! Se félicita-t-elle.

- Eh bien nous allons voir cela. Affirma la grand-mère de Nicolas.

Elle se leva, tapa dans ses mains.

- Venez voir maman mes chéris, cria-t-elle.

Sophie fit une mimique en roulant des yeux, pour lui faire comprendre qu'elle était totalement folle. Cela aurait pu faire sourire Zoé, si l'enjeu n'avait pas été aussi important. Mais, ce qui la choqua fut de voir accourir de tous les côtés des chats de toutes les couleurs, des blancs, des noirs, des tigrés, des rouquins. Mais combien y en avait-il ?

Ah ! Voilà mes bébés. Zoé je vous présente mes chéris. Puis, la vieille dame regarda avec tendresse chacun d'eux. Avant de s'écrier de nouveau

- Ah ! Mais il manque le plus important. Où te caches-tu, Le GRIMALKIN ?

C'est alors qu'un miaulement se fit entendre au-dessus de leurs têtes. Un chat noir avec un magnifique regard vert, les surveillait du balcon, juste au-dessus d'eux.

- Ah ! Tu étais là. Mais bien sûr ! J'aurais dû me douter que tu ne raterais pas cette entrevue. Viens donc faire la connaissance de Zoé, je crois que nous l'avons assez attendue.

À ces mots Zoé ouvrit de grands yeux. Comment pouvaient-ils l'attendre ? Elle était la première surprise de se retrouver ici.

Le chat fit un bond impressionnant. Il se positionna juste devant Zoé qu'il fixa de son regard intense, semblant la transpercer jusqu'à l'âme. Zoé déglutit avec difficulté, son cœur s'arrêta subitement de battre. C'était fou quand même, que son avenir puisse dépendre de ce chat. Il était impressionnant, beaucoup plus grand que les autres, une mini panthère, ce qui n'avait rien de rassurant.

Elle tourna la tête vers Sophie et Nicolas, tout le monde semblait attendre la réaction du chat en retenant son souffle. Celui-ci s'approcha nonchalamment, la queue bien droite, puis vint se frotter contre ses jambes en miaulant doucement, il se coucha même sur ses pieds en faisant des roulades sur le dos.

Zoé avait le cœur battant, était-elle acceptée ? Sophie et Nicolas semblaient interloqués de surprise.

- Enfin ! J'ai cru que ce jour n'arriverait jamais. Venez mon enfant, approchez-vous, installez-vous sur cette chaise. Je veux tout savoir de vous. Bécasse, Nicolas, asseyez-vous aussi.

Zoé se laissa tomber sur la chaise plutôt lourdement, ses jambes ne la portaient plus. Elle avait réussi le test ! Son cœur chantait de joie. Au moins une chose positive, en plus de sa belle rencontre avec Nicolas. Voilà de quoi lui redonner le sourire. Oh ! Mais encore fallait-il que le loyer soit dans ses prix ?

- Le Logement est à vous, Nicolas vous le fera découvrir.

Elle sonna une petite cloche et une employée de maison petite et replète se présenta avec un plateau chargé de boissons fraîches.

Zoé avait la gorge si sèche, qu'elle vida son verre d'un trait. Bon ! Cela n'était peut-être pas très correct, mais tous ces évènements, l'avaient perturbée.

- Racontez-moi votre vie, et n'omettez aucun détail, je vous prie.

- Mais ne devrait-on pas d'abord parler du loyer ? Je… Je n'ai pas beaucoup de moyens.

La vieille dame éclata de rire.

- Cela n'est pas important. Je ne crois pas que vous compreniez ce qui vient de se passer. Le GRIMALKIN vous a officiellement acceptée, reconnue. Vous êtes l'élue.

Zoé ouvrit de grands yeux.

- Mais l'élue de quoi ? De quoi parlez-vous ? Insista-t-elle en fronçant les sourcils.

La grand-mère de Nicolas, fit un geste de la main, comme pour chasser une mouche imaginaire.

- Vous comprendrez tout, en temps et en heure.

À ce moment-là, Le GRIMALKIN sauta sur ses genoux. Zoé resta figée que devait-elle faire ? Le caresser ? Lui parler ? L'ignorer ?

- Que… Que me veut-il ? Ne put-elle s'empêcher de demander. Il essaye de me connaître ? De se familiariser avec mon odeur ?

- Il va lacérer ton visage, lui murmura Sophie à ses côtés d'un air goguenard

- Tais-toi bécasse ! La grand-mère de Nicolas se mit à sourire tendrement. Il n'a pas besoin de te connaître, il sait tout de toi. Mais moi non, alors raconte. Au fait, je suis madame Claire PEYNIER, mais tu peux m'appeler Nanny comme Nicolas.

- Mais vous ne me l'avez jamais proposé ? S'insurgea Sophie.

- Non pas pour toi bécasse, le moment n'est pas encore venu, lui répondit-elle pince sans rire.

Zoé devant l'air furieux de Sophie, commença à raconter sa vie, son départ de Brest, la nouvelle vie de ses parents.

- Hum ! Un peu d'argent pour solde de tout compte ! Quelle idée ! Enfin de toute façon, ta vie est là maintenant, parmi nous. C'est aussi bien ainsi.

Zoé allait lui répondre que ses parents n'étaient pas aussi égoïstes qu'ils paraissaient, mais à ce moment-là, Le GRIMALKIN mit sa patte sur sa bouche, comme pour l'empêcher de parler.

Claire PEYNIER se mit à rire. Elle posa sa canne contre sa chaise et tapa dans ses mains, toute joyeuse.

- Enfin, les choses vont bouger. J'ai attendu ce moment toute ma vie.

Zoé ne comprenait pas ce qu'il y avait de si fascinant à accueillir une étudiante. Sa vie allait se passer de son IUT à son bureau, où elle travaillerait d'arrache-pied, il n'y avait rien de bien excitant. Mais bon ! Si cela amusait Claire oh ! Pardon Nanny, pourquoi pas ! Ce qui fit sourire Zoé, c'est que dorénavant, elle avait un bon lit, un endroit bien à elle, et ce cadre était magnifique. Dans le fond les choses s'arrangeaient plutôt bien.

Au bout d'une heure de discussion Zoé ne put retenir un bâillement de fatigue.

- Je parle, je parle, remarqua Nanny, mais tu es épuisée, Nicolas va te montrer ton studio, tu pourras t'y reposer, jusqu'à l'heure du repas, tu nous rejoindras à dix-neuf heures.

- Oh non ! Il ne faut surtout pas vous sentir obligée. Je grignoterai des friandises dans ma chambre.

- Taratata ! Nous prenons tous nos repas ensemble, ainsi que le petit déjeuner. Cette brave Marie est heureuse d'avoir des invités. Elle adore cuisiner, c'est mon employée de maison. Et puis vous apportez la vie avec vous, la joie de vivre. C'est plutôt agréable. Bécasse tu es invitée toi aussi.

- M…Moi, répondit surprise Sophie.

- Tu vois deux bécasses ici ? Dit-elle d'un œil pétillant.

Zoé, Sophie et Nicolas se levèrent en remerciant chaleureusement cette étrange grand-mère.

- Je ne comprends pas pourquoi ta grand-mère me déteste autant, bougonna Sophie.

- Elle ne te déteste pas.

- Tu veux rire ! Répliqua-t-elle, tu as vu, à chaque fois elle m'appelle bécasse. Elle ne cesse de m'insulter.

Nicolas se mit à rire.

- Dans le dico des insultes crois-moi, bécasse n'est pas dans le top dix des pires insultes. Je trouve cela plutôt mignon, bécasse, dit-il en l'embrassant sur la tempe.

- Ouais ! Eh bien je ne te conseille pas de l'utiliser, répondit-elle les yeux flamboyants de colère.

Zoé les écoutait en souriant doucement. Ils adoraient se chamailler, mais c'est vrai que dans le fond, Sophie ne semblait pas si méchante.

Ils arrivèrent devant une jolie porte verte. Lorsqu'il l'ouvrit, Zoé ne put retenir une exclamation admirative, c'était magnifique. Le studio était très lumineux avec des murs blancs, des poutres apparentes, un coin cuisine, une chambre et une salle de bains attenante. Jamais elle n'en aurait espéré autant.

- Bon ! Je t'apporte tes bagages, et tu pourras te reposer jusqu' au repas. Sophie et moi pendant ce temps-là, nous irons à l'IUT. Je vais appeler un copain, et on regardera ta voiture, donne-moi tes clés ? Au fait, cette porte au fond donne sur la piscine, si tu veux piquer une tête ne te prive pas.

Une piscine ! Elle avait même une piscine ? Zoé en ouvrit la bouche de plaisir, le paradis devait ressembler à cela. Elle s'empressa de lui remettre ses clés et le regarda repartir vers la voiture. Sophie l'observait attentivement. Zoé s'approcha un grand sourire sur les lèvres.

- Je voulais te remercier Sophie, je suis désolée depuis ce matin j'ai un peu chamboulé ta vie. Je te promets de me faire plus discrète. Soyons amies, dit-elle en tendant la main. Après tout, nous allons faire nos études ensemble.

Sophie sembla hésiter un instant, puis lui serra la main en se mordillant les lèvres.

- Moi aussi je suis désolée, je peux me montrer peste parfois, il n'y a que Nico pour me supporter. Je n'ai pas été très sympa ce matin. Tu sais, si j'avais été dans la même situation, je crois que j'aurais été en panique totale.

- Mais j'ai paniqué, confirma Zoé en pouffant de rire. Crois-moi, si vous n'aviez pas été là, je ne sais pas ce qui se serait passé. Au fait, alors Nicolas est ton petit ami ?

En voyant Sophie se crisper en se redressant, Zoé mit les mains devant elle en signe de paix.

- Eh ! C'est juste une question.

Sophie secoua la tête, en soupirant.

- Voilà que je recommence. Oui Nicolas et moi, on se connaît depuis toujours. Nous avons fait toutes nos études dans les mêmes classes. Depuis un an nous sommes ensemble. Je… Je suis désolée pour ta famille Zoé, précisa-t-elle doucement en se mordillant les lèvres.

Celle-ci, la rassura d'un sourire.

- Oh non ! Il ne faut pas. Tu sais, ils m'aiment à leur façon, répondit-elle en haussant les épaules. Simplement aujourd'hui, ils recommencent une nouvelle vie, c'est normal, ils ont aussi droit au bonheur.

Zoé soupira longuement.

- C'est idiot, mais j'ai parfois l'impression d'être en trop, de ne pas avoir une place bien à moi.

En voyant le regard compatissant de Sophie, Zoé toussota avant de continuer.

- Et toi, ta famille ?

- Oh ! Beaucoup plus simple, répondit-elle en souriant. Mon père travaille dans une banque, et ma mère s'occupe de mes trois petits frères, elle ne travaille pas. On s'entend tous bien. En fait, j'étais la voisine de Nicolas, mais son père vient d'être muté sur Paris, ses parents ont déménagé et Nicolas n'a pas voulu les suivre. Il adore vivre ici et, dit-elle en rougissant, il ne voulait pas me quitter. Alors, il est venu habiter chez sa grand-mère. Voilà tu sais tout de nous.

Un bruit leur fit tourner la tête, c'était Nicolas qui revenait avec tous ses bagages. Zoé soupira de bonheur, enfin elle se sentait chez-elle. Sophie et Nicolas décidèrent de la laisser s'installer tranquillement, de toute façon elle les retrouverait pour le repas.

Après leur départ, Zoé décida de prendre une longue douche, bien chaude et soupira de bonheur, en s'allongeant ensuite sur cet immense lit, juste pour se reposer un peu, cinq minutes, de quoi récupérer pensa-t-elle en baillant

Son sommeil fut agité, Zoé se sentait coupable, d'abuser de la gentillesse et de la naïveté de cette vieille dame. Elle se réveilla en sueur, l'esprit troublé. Sa décision était prise, elle regarda sa montre dix-huit heures trente. Flûte ! Elle avait dormi plus longtemps que prévu, mais l'important était de parler à Nanny, sa conscience la travaillait.

En sortant elle rencontra Marie, qui la mena vers Nanny installée au salon avec tous ses chats autour d'elle. Zoé s'avança timidement. Devant son air gêné, Nanny lui fit signe de s'asseoir dans un fauteuil à ses côtés.

- Que se passe-t-il ?

- Nanny, je vous remercie pour tout ce que vous faites pour moi, mais je n'ai pas été très honnête avec vous, murmura doucement Zoé en grimaçant.

Nanny plissa les yeux, se pencha un peu plus en avant, mettant ses deux mains sur le pommeau de sa canne. Zoé remarqua à quel point, celle-ci était ouvragée, un vrai chef-d'œuvre, elle voyait des étoiles, des lunes, d'étranges têtes sculptées. Ce n'était pas le moment de rêvasser, pensa-t-elle en mordillant sa joue. Ce qu'elle devait lui annoncer n'était pas facile. Elle passa sa langue sur ses lèvres sèches, cherchant le courage d'être honnête. Même si cela signifiait perdre ce logement fabuleux.

- Je t'écoute, insista Nanny en l'invitant à continuer.

- Je… Je déteste les chats, tous les chats. Je les trouve sales, égoïstes, trop indépendants, ils se servent de nous comme si nous étions leur chose, leur esclave. Ils mettent des poils partout, sautent sur tout. Vous voyez Nanny je suis anti-chat c'est irréversible. Je suis désolée, dit-elle d'un air penaud.

Nanny la regarda silencieusement un long moment, puis éclata de rire.

- Celle-là, c'est la meilleure. Décidément je crois que je vais beaucoup m'amuser, qu'en penses-tu Le GRIMALKIN ? Demanda-t-elle en regardant ce dernier qui venait d'entrer dans la pièce, d'un air nonchalant.

- Vous… Vous n'êtes pas fâchée ? Reprit Zoé surprise de cette réaction.

- Bien sûr que non ! Tu vois moi aussi à ton âge, je détestais les chats et si tu regardes autour de toi, tu comprendras que rien n'est écrit dans le marbre, la preuve, tous ces chats. En fait, tu me ressembles beaucoup. Le GRIMALKIN, a bien choisi, tu es honnête et droite, c'est important, un point essentiel.

- Mais … Mais je vous ai menti, trompée. Je n'aurais pas dû réussir ce test.

- Tu l'as réussi haut la main. Il t'a reconnue, il t'attendait et nous aussi.

Zoé était stupéfaite, mais elle sentit un poids se lever sur son cœur. Elle pouvait donc garder ce logement à condition, qu'il soit dans ses tarifs ?

- Au fait, vous ne m'avez pas indiqué le montant du loyer. Peut-être est-il trop cher ? Il est sublime.

- Pas de loyer !

- Comment ça, pas de loyer ?

- Non ! Tu dois prendre avec toi Le GRIMALKIN et t'en occuper, tu deviens responsable de lui.

Zoé était stupéfaite.

- Mais, je vous ai dit que je n'aimais pas les chats.

- Et moi, j'ai répondu que rien n'était irréversible, dit-elle l'œil pétillant. De toute façon, tu n'as pas le choix, il t'a élue.

Zoé ouvrit la bouche. Son regard allait de la vieille dame au chat. Dans le fond, pensa-t-elle, il devait passer ses journées dehors et elle, serait à l'IUT. Alors s'en occuper ne serait pas une charge si insurmontable. De plus, cela valait bien un petit effort pour profiter de ce logement fabuleux, et tout cet argent économisé, sans parler des repas, c'était une occasion inespérée. Elle ne pouvait pas refuser.

- Bon j'accepte, dit-elle dans un grand sourire. Que dois-je faire ?

- À la bonne heure ! Marie va préparer le nécessaire pour sa litière et sa gamelle. Tu devras bien veiller à son bien-être, son bonheur. Le GRIMALKIN est unique !

Zoé opina de la tête, elle y arriverait. Après tout, elle lui devait bien cela. C'était grâce à lui, si maintenant elle avait un bon lit. Ce fut l'arrivée de Sophie et Nicolas qui mit fin à cette discussion.

- On vient de ramener ta voiture, Mathieu un copain a réussi à la réparer. Demain je te le présenterai. Il sera avec nous cette année, c'est un redoublant, hyper sympa.

Zoé sentit son cœur s'alléger, tout semblait s'arranger. La soirée fut agréable. Nanny était pétillante et avait un esprit très vif, même Sophie se mit à rire.

Au moment du départ Zoé salua Nanny, Sophie et Nicolas, la fatigue a rattrapait.

- Zoé tu n'oublies rien ? Demanda en souriant Nanny.

- Heu ! Non, je ne crois pas.

- Et lui ? Insista-t-elle en montrant Le GRIMALKIN. Marie a préparé un bac à litière avec le nécessaire et sa gamelle.

Oh bon sang ! C'est vrai, ce satané chat, Zoé pesta en ramassant le matériel. Mais, après tout peut-être qu'il passerait la nuit dehors à chasser, comme le font tous les chats. Elle sortit donc avec un sourire sur les lèvres, sa vie s'arrangeait, elle se sentait en paix. Le chat sur ses talons, elle se dirigea vers son studio.

- Tu as besoin de me suivre comme un petit chien ?

Le GRIMALKIN miaula et continua de marcher à ses côtés. Il fit le contour du studio. Super pensa Zoé, il partait sûrement pour passer la nuit dehors. Mais, à peine eut-elle ouvert la porte, qu'elle le retrouva sur le plan de travail.

- Mais, par où es-tu passé ?

Elle fit le tour et découvrit la fenêtre de la salle de bains entrouverte.

- Génial ! Voilà que tu peux aller et venir à volonté, alors va t'amuser. C'est ce que font tous les chats non ?

Mais Le GRIMALIN resta impassible sur le plan de travail, la fixant de son regard vert intense.

- C'est bon, j'ai compris je te donne à manger, après tu files, allez oust ! Lève-toi de là, ce n'est pas propre. Ça c'est mon plan de travail, toi tu vas par terre.

Zoé lui ouvrit une gamelle et se retourna pour l'appeler, où était passé ce maudit chat ? Il était assis dans sa litière vide, attendant sûrement qu'elle la prépare.

- Non ! Mais je rêve, tu ne crois tout de même pas qu'à dix heures du soir, je vais m'amuser à faire une litière ?

GRIMALKIN se mit à miauler si fort, que Zoé s'exécuta en l'injuriant copieusement.

- Maudit chat, en plus d'être égoïste, indépendant tu es tyrannique, oh oui ! Et tu peux miauler tant que tu veux, je hais les chats ! Je me demande si je n'aurais pas mieux fait de payer un loyer. Bon voilà ! Une gamelle de l'eau et une litière *Monsieur* est servi, alors maintenant trouve toi un endroit pour dormir et fiche moi la paix.

Zoé alla prendre une bonne douche réparatrice de quoi se calmer. Mais en sortant de la salle de bains, une odeur agressa ses narines.

- Mais c'est quoi cette puanteur encore ?

Elle regarda Le GRIMALKIN qui faisait sa toilette, bien installé sur sa veste blanche.

- Ne te gêne pas surtout, flûte ! Regarde tu as mis des poils partout, allez dégage de là ! Non mais c'est quoi ça ? Cette odeur c'est toi ? Tu m'as déjà pourri la litière et en plus tu ne recouvres même pas. Oh ! Mon gars, je crois qu'entre toi et moi cela va être la guerre. Tu as intérêt à changer, nous cohabitons, je te rappelle, gros cochon !

Le GRIMALKIN l'ignora royalement et continua sa toilette comme si de rien n'était, pendant que Zoé s'activait pour enlever ses déjections. En pestant elle se dirigea vers son canapé.

Zoé devait téléphoner à ses parents, pour les rassurer. Elle commença par sa mère qui hurla dans l'appareil en apprenant les déboires de Zoé, celle-ci la rassura et lui promit de lui envoyer des photos du studio. Elle lui décrivit la piscine, cette maison fabuleuse et surtout cette grand-mère surprenante ce qui rassura sa mère.

Son père poussa également des hauts cris en apprenant le comportement de l'agence immobilière, mais savoir sa fille dans cette grande maison auprès de Nanny le rassura. Il insista pour prendre contact avec elle. Sophie refusa, elle était majeure, c'était sa vie, ses problèmes, même si cela lui réchauffa le cœur de savoir qu'elle comptait pour eux, de voir leur inquiétude sincère.

- J'ai même un colocataire précisa mutine, Zoé à son père.

- Quoi ? Tu as déjà un petit ami ? Qui est-ce ? Que fait-il dans la vie ? Où l'as-tu rencontré ?

Zoé ne put s'empêcher de pouffer de rire.

- Il est noir, il a quatre pattes, une queue et des yeux verts magnifiques. C'est un chat.

- Quoi ! Toi un chat ? Mais tu les détestes.

- Rien n'est irréversible, précisa Zoé en repensant à la phrase de Nanny et c'est un arrangement très intéressant.

Son père éclata de rire, puis d'un ton sérieux repris.

- Zoé, je sais… Que pour toi ces derniers temps cela n'a pas été facile. Ma nouvelle vie, mon installation définitive à Londres, l'arrivée prochaine du bébé. Il y eut un long silence, puis son père soupira, je sais que cela fait beaucoup à encaisser. Tu dois te sentir rejetée, mais sache que tu seras toujours ma petite fille. Quoi qu'il arrive je serai-là.

Zoé sentit les larmes lui monter aux yeux, peut-être avait-elle espéré ces paroles pour se sentir rassurée Elle raccrocha toute heureuse, puis se dirigea ensuite vers son lit. Ah ! Quel bonheur cette chambre était parfaite. Elle s'allongea et tomba dans les bras de Morphée immédiatement.

Mais elle fit un rêve étrange, un regard vert immense et hypnotisant la fixait, il était de plus en plus proche. Elle essaya de le repousser, de fuir. Mais, il ne la quittait pas un instant des yeux, il semblait l'appeler.

Zoé se réveilla le cœur battant, avec une étrange impression, elle avait une patte posée sur sa bouche. Elle faillit crier de surprise et se rappela la présence de GRIMALKIN. Elle le repoussa de la main.

Celui-ci miaula tendrement, en roulant sur le dos.

- Non, mais ça va pas ! Tu grattes ta litière avec ta patte et tu me la mets sur la bouche, beurk ! Je vais choper des cochonneries. Et qu'est-ce que tu fais là ? Tu ne pouvais pas dormir sur le canapé ou sur une chaise comme tous les chats.

Au moment où elle se dirigeait vers la douche, on toqua à sa porte. C'était Nicolas frais et dispos.

- Salut Nicolas, oh ! Tu es déjà prêt.

- Oui je voulais te présenter Mathieu, dit-il en montrant son ami. C'est lui qui a réparé ta voiture hier. On vient te chercher pour déjeuner chez Nanny.

- Oh bon sang ! Je ne sais pas comment te remercier, c'était vraiment sympa de ta part. Je te dois quelque-chose ?

Mathieu lui fit non de la tête, avec un grand sourire. Il était aussi grand que Nicolas, mais ce qui attirait le regard, c'était ses yeux bleus rieurs et sa tignasse rousse bouclée, qui le rendaient très sympathique. Zoé du haut de son mètre cinquante, se sentit minuscule.

- Non t'inquiète c'est normal. En plus on va être dans le même groupe apparemment. C'est plutôt cool. Mais je crois qu'on te dérange non ?

Zoé se regarda, elle portait sa tenue de nuit favorite, un vieux tee-shirt élimé et un micro short. Sa tête ne devait guère être mieux, avec ses cheveux en bataille.

- Oh ! Je suis désolée j'allais prendre ma douche, non vous ne me dérangez pas, attendez-moi quelques minutes, le temps de me préparer et on va déjeuner.

Elle ressortit toute pimpante, prête à se restaurer, mais au moment de se diriger vers la porte, Nicolas la rappela.

- Je crois que Le GRIMALKIN a faim. Il a une patte dans sa gamelle.

Zoé prit une grande respiration, encore lui ! En pinçant les lèvres, elle ouvrit de nouveau une boîte qu'elle lui donna. Elle se pencha vers son oreille et lui murmura.

- Quand je pense qu'on dit que les chats sont indépendants, mon œil ! Bon maintenant, débrouille-toi.

- Alors comment se passe votre vie à deux ? Demanda Nicolas, un sourire en coin.

- Oh ! Bien je crois. Puis elle soupira bruyamment. En fait, il est en train de me rendre folle, je suis son esclave et maintenant je parle à un chat, alors tu vois mon cas s'aggrave.

Nicolas et Mathieu éclatèrent de rire. Nanny, les attendait sur le pas de sa porte, appuyée sur sa canne.

- Alors les enfants comment allez-vous ? Et toi Zoé ta cohabitation se passe bien ?

Zoé fit tourner ses yeux, ce qui fit rire Nanny.

- Tu apprendras à l'aimer, personne ne résiste au GRIMALKIN.

Zoé n'en était pas aussi sûre, mais elle ne voulait surtout pas faire de peine à cette adorable vieille dame.

- Alors quel est votre programme de la journée ?

- Piscine ! S'écrièrent en chœur les trois amis.

Nicolas alla chercher Sophie, et ils passèrent la journée à se détendre, bien décidés à profiter des derniers jours de vacances.

Mathieu s'approcha d'elle, pendant que Sophie et Nicolas s'amusaient dans l'eau.

- Alors, Nicolas m'a dit que tu venais du bout du monde.

Zoé éclata de rire, c'est un peu l'impression qu'elle avait eu en faisant ce voyage. Elle lui raconta ses péripéties, ce qui l'amusa beaucoup. C'était vraiment quelqu'un de sympathique. Il interrogea Zoé sur sa vie, sa famille.

- Et toi ? Lui demanda-elle à son tour ?

- Comme Sophie et Nicolas j'ai toujours vécu ici. Nous allions dans le même lycée.

- Mais, je croyais que tu avais déjà fait une année universitaire ?

Elle vit Mathieu grimacer en secouant la tête.

- Oui c'est vrai, j'ai un an de plus, mais Nicolas et moi nous étions dans la même équipe, on jouait au football. Puis… L'année dernière, j'ai perdu mon père, cela a été une année plutôt difficile, et du coup j'ai décroché, dit-il en baissant la tête tristement.

- Oh ! Je suis désolée.

- Ce n'est pas ta faute, j'ai fait n'importe quoi. C'était tellement difficile que j'ai commencé à faire le clown en classe, je me fichais de tout et je me suis mis les profs à dos. Je ne sais pas ce qui m'a pris. Je crois que c'était ma façon d'évacuer l'atmosphère lourde qui régnait à la maison.

- Aïe ! murmura Zoé doucement en le regardant.

- Mais cette année cela va mieux, dit-il en lui faisant un clin d'œil. Ma mère a remonté la pente, et du coup j'ai retrouvé mes neurones, alors tu vois tout s'arrange.

- Tu vis seul avec ta mère ?

Mathieu eut un sourire doux sur les lèvres.

- Oui, c'est une femme géniale, je te la présenterai, car elle adore recevoir la bande à la maison, c'est une super cuisinière. Elle te plaira, tout le monde l'adore. Elle possède une pâtisserie, alors en plus c'est trop cool, dit-il en se tapant le ventre.

Zoé éclata de rire en le voyant faire.

À ce moment-là, Nanny s'approcha doucement, en s'excusant de les déranger.

- Zoé j'aimerais voir Le GRIMALKIN, s'il te plait ?

- Bien sûr, pourquoi ? Il y a un problème ? Demanda-t-elle en se relevant et en resserrant sa serviette autour de ses hanches. Elle fit un petit signe de la main aux autres et suivit Nanny.

- Non, mais tu sais, ce chat est unique. J'ai besoin de m'assurer que tout se passe bien.

- Pourquoi l'appelez-vous Le GRIMALKIN ?

- Il est unique, spécial, tu t'en rendras compte.

Zoé ouvrit la porte du studio et poussa une exclamation horrifiée, une puanteur régnait dans la pièce et il avait fait ses besoins juste à côté de la litière. Rouge de honte, elle se tourna vers Nanny.

- Oh ! Je suis vraiment désolée, quel gros cochon ! Je l'ai pourtant faite hier. En plus je croyais que les chats étaient propres, lui, il fait à côté.

Nanny riait aux éclats.

- C'est le cas, mais les chats aiment une litière propre, si celle-ci est trop sale, ils peuvent faire à côté. Je crois qu'il t'apprend juste à être une bonne maîtresse.

- Mais, je l'ai vu dans le parc se promener, il pourrait faire dehors non ?

- Souvent, ils préfèrent leur litière et rentrent juste pour y faire leurs besoins.

- Super ! Oh Nanny, je ne sais pas si je suis faite pour avoir un chat.

Celle-ci passa son bras autour de ses épaules pour la rassurer.

- Et ta nuit comment s'est-elle passée ?

- J'ai fait un drôle de rêve, mais j'ai bien dormi et…

Nanny se redressa et lui coupa la parole.

- Quel rêve ?

Zoé fronça les sourcils.

- Un regard de chat qui me fixait et se rapprochait de plus en plus, comme pour sonder mon âme. Mais je suis sûre que c'est parce que l'arrivée de GRIMALKIN m'a contrariée, je n'ai pas l'habitude des chats.

- Il prend contact, c'est bien, c'est parfait. Il t'attendait, tu sais il est jeune, il a un an seulement, mais il a de grandes dispositions.

- Des dispositions ? Pour faire quoi ? Je ne comprends pas Nanny ce que ce chat a de spécial ? Pour moi il est plutôt en dessous de la moyenne, il n'est même pas propre, dit-elle plus doucement comme si Le GRIMALKIN pouvait s'offusquer de sa remarque.

Nanny éclata de rire de nouveau.

- Je crois que vous allez faire un binôme surprenant ! Cela fait des siècles qu'on vous attend, dit-elle en ressortant toute joyeuse. Bon ! Je te laisse tu as une litière à faire.

Des siècles ? Zoé fronça les sourcils et haussa les épaules. Sophie avait peut-être raison Nanny n'avait plus toute sa tête.

CHAPITRE 3

Le lendemain matin, Zoé se réveilla encore plus fatiguée que la veille, elle avait fait un drôle de rêve. D'abord, ce chat qui la fixait avec intensité. Ensuite, elle s'était vue descendre une rue face à l'hôpital, regardant passer un jeune-homme sur un scooter rouge, qui portait un autocollant de l'OM.

Zoé l'avait suivi jusqu'au bas de la route, et là, il s'était arrêté devant une immense porte de garage de couleur verte, à deux battants.

Le gars était descendu du scooter avait observé tout autour de lui sans la voir, comme si elle était invisible, puis il avait ouvert la porte. Zoé était restée muette de stupéfaction, en pénétrant derrière lui dans ce garage. Il y avait des dizaines de scooters de toutes les couleurs. Elle voulut pousser un cri et se retrouva assise dans son lit, Le GRIMALKIN couché à ses côtés semblait étudier ses réactions.

- Waouh ! C'était quoi ça ? Dit-elle en se grattant la tête. Bon allez GRIMA lève-toi, je dois prendre une douche.

Le chat miaula de plus en plus fort en la regardant.

- OK ! Je te donne ta gamelle et je ferai ta litière ensuite, ça te va ? Mais après tu me laisses tranquille, que je prenne ma douche avant que Nicolas arrive.

Zoé se prépara et s'étonna de ne pas voir Nicolas. Un message arriva sur son téléphone. Il l'informait d'un problème qu'il lui expliquerait plus tard. Elle fut surprise et décida de rejoindre Nanny pour le déjeuner. Comme la veille, celle-ci l'attendait.

- Ah ! Te voilà, Nicolas t'a prévenue ?

Zoé hocha la tête.

- Vous savez ce qui se passe ?

- Non, il m'a dit qu'il nous expliquerait plus tard, répondit Nanny l'air contrarié. Et toi tu as bien dormi ?

- Pas vraiment, j'ai fait un drôle de rêve.

- Raconte-moi, demanda Nanny en lui servant le café.

Zoé lui fit part de ce rêve étrange. Elle ne comprenait pas l'intérêt de Nanny, c'était un rêve idiot, sans signification.

Un miaulement se fit entendre et Zoé tourna la tête.

- GRIMA que fais-tu là ?

- GRIMA ? Tu appelles Le GRIMALKIN, GRIMA ? Rétorqua Nanny qui semblait outrée. Cette manie que vous avez, vous les jeunes de tout raccourcir, comme si dire son nom complet allait t'épuiser.

- Bein ! C'est plus cool non ? Répondit Zoé en souriant, Le GRIMALKIIN c'est tellement long. Cela n'a pas l'air de le déranger. Il répond quand je l'appelle.

Celui-ci sauta sur les genoux de Zoé, Nanny les observa silencieusement ce qui la mit mal à l'aise. Avait-elle vexé cette adorable vieille dame ? Tout à coup, elle réalisa que GRIMA buvait son café.

- Non mais je rêve ! Ne te gêne surtout pas.

Nanny pouffa de rire.

- Je crois que je comprends, vous êtes la nouvelle génération. Le grand changement est en route.

- Changement de quoi ? Rétorqua Zoé qui comprenait de moins en moins Nanny et ses allusions étranges.

- Il établit le contact, il veut que tu l'entendes, que tu l'écoutes. Zoé soit attentive. L'apprentissage sera peut-être un peu long, mais c'est de lui que dépendra la suite. Tu dois prendre cela comme une formation. Vous devez apprendre à communiquer. Tu seras le plus grand des messagers annoncés, j'en suis persuadée.

- Euh ! Mais je ne comprends rien Nanny, de quoi parlez-vous ? Ce n'est qu'un simple chat, et plutôt moyen si vous voulez mon avis.

Celui-ci lui mordilla la main, et Zoé poussa un petit juron. À ce moment-là Nicolas et Mathieu arrivèrent. Devant l'air grave des garçons, Nanny et Zoé s'inquiétèrent.

- Que se passe-t-il ? Demanda Nanny anxieusement.

- Je me suis fait voler mon scooter, cette nuit. Dès que je m'en suis rendu compte, j'ai appelé Nicolas, là on revient du commissariat. Il paraît qu'un gang sévit sur Salon de Provence, des dizaines de scooters ont disparus, ils n'ont pour l'instant aucune piste. C'est terrible, l'école va reprendre. J'en ai absolument besoin, j'ai travaillé tout l'été pour me le payer.

- Oh ! Je suis tellement désolée, répliqua Zoé.

Lui, qui était si gentil et qui l'avait aidée, se retrouvait aujourd'hui aussi démuni qu'elle il y a deux jours.

- Mais je suis certaine que la police le retrouvera. S'il y en a eu plusieurs, ils doivent avoir la pression pour régler cette affaire, insista Zoé pour le rassurer.

- Tu parles, ils ont d'autres chats à fouetter ! Un scooter c'est rien pour eux, pour moi c'est ma vie. Comment je vais faire moi ?

- Ne t'inquiète pas Mathieu, on ne te laissera pas tomber. Le matin Nicolas ira chercher Sophie pour l'emmener à l'IUT. Moi, j'irai de toute façon avec ma voiture, je passerai te chercher, ce n'est pas un problème.

- Merci Zoé t'es sympa, mais je l'aimais moi, mon scooter. Je voulais être indépendant.

Zoé pouvait le comprendre, elle avait ressenti la même chose, l'envie d'être autonome. Ce fut alors qu'elle entendit la canne de Nanny frapper le sol.

- Et si tu racontais ton rêve Zoé ?

Quoi ? Mais où voulait-elle en venir ? Zoé ouvrit grand la bouche de surprise. Nanny ne pensait quand même pas qu'elle était somnambule et se levait la nuit pour voler des scooters ?

- Mais enfin ! Nanny, cela n'a aucun rapport.

- Je voudrais que tu me décrives le scooter de tes rêves.

Les garçons regardaient éberlués Zoé, qui était muette de stupeur.

- Mais, Nanny vous le savez, ce n'est qu'un rêve. Un fichu rêve idiot, qui ne veut rien dire.

- On t'écoute ! Insista Nanny d'un regard bleu intense qui mit mal à l'aise Zoé.

Bon après tout, elle n'avait rien fait de mal et Nicolas et Mathieu se rendraient compte que cela n'avait aucun rapport, absolument aucun rapport. Elle décrivit donc son rêve. Comme si cela pouvait intéresser quelqu'un !

- Tu as dit rouge, avec un autocollant de l'OM ? Mais c'est le mien ! L'interrompit Mathieu en se levant brusquement.

- Viens ! On doit y aller avant qu'ils ne le démontent. Dépêche-toi Zoé.

Celle-ci resta figée, bouche bée.

- Ohé ! Vous êtes malades ! C'est quoi votre problème, avec le mot rêve ?

Nicolas posa sa main sur la sienne, comme pour la persuader.

- Tu ne comprends pas, la rue existe bien. Nous la connaissons, et si c'était une prémonition ? Tu ne connais pas cette ville et tu as pourtant rêvé de cette rue qui est bien réelle. C'est étrange non ? On ne doit pas laisser échapper cet indice. Nous devons vérifier, Mathieu a besoin de son scooter. Viens ! On va chercher cette porte de garage.

- Mais vous êtes tous fous ma parole ! Un rêve, n'est qu'un rêve, s'insurgea Zoé.

Nanny intervint de sa voix autoritaire.

- Tu te trompes Zoé, un rêve est parfois bien plus. Sais-tu quel est le personnage le plus important de cette ville ?

Zoé secoua la tête, elle ne comprenait décidément plus rien.

- NOSTRADAMUS ! Affirma Nanny d'une voix claire et ferme.

- Le charlatan ? La coupa Zoé.

- Oh ! Comment peux-tu dire cela. Décidément il faudra tout t'apprendre Zoé KILHOURZ, répliqua outrée Nanny, en pinçant les lèvres devant autant d'irrespect. Mais pour commencer, tu vas avec les garçons trouver ce scooter. Allez bouge-toi ! Comme vous dites les jeunes.

Zoé se leva en pestant de nouveau, qu'ils étaient tous fous. Mais, elle suivit les garçons, qui lui demandèrent de décrire de nouveau son rêve. Nicolas conduisait sa voiture en écoutant ses indications.

- On va se garer devant l'hôpital c'est plus simple. Puis, on descendra la rue à pied, Zoé reconnaîtra mieux la porte.

- Zoé vous dit que vous êtes complètement dérangés tous les deux. Je suis désolée pour ton scooter Mathieu mais, mon rêve ne pourra pas t'aider j'en suis persuadée.

- S'il te plait Zoé, tu es ma dernière chance, la supplia Mathieu avec un regard implorant.

Celle-ci soupira, elle lui devait bien cela. Ils descendirent la rue vers le centre-ville, tout en parlant. Subitement, Zoé s'immobilisa. C'était exactement comme dans son rêve, une immense porte de garage de couleur verte, avec deux battants.

- C'est... C'est comme dans mon rêve, murmura Zoé stupéfaite. Elle était figée de stupeur, et s'ils avaient raison ? Si son rêve était prémonitoire ? Une excitation s'empara d'elle, Zoé voulait connaître la vérité.

- Qu'est-ce qu'on fait maintenant ? Demanda Nicolas en interrompant ses pensées.

- Euh ! Je ne sais pas. Oh ! Mais si, reprit-elle avec enthousiasme. On va sonner à la porte de la maison. On verra bien, on improvisera, précisa Zoé de plus en plus curieuse.

À ses côtés Mathieu bouillait de rage.

- Si mon scooter est là, je leur démonte la tête.

- Houlà ! On se calme, Mathieu, laisse-moi faire, insista Zoé en mettant la main sur son torse pour l'apaiser.

Zoé s'approcha et sonna à la porte, son cœur battait la chamade. Une vieille dame tout sourire la salua. Hum ! Elle n'avait vraiment pas la tête d'un voleur de scooter. Zoé fit marcher son imagination. Il lui fallait rapidement une idée.

- Je suis désolée madame, mais en me baissant, j'ai fait tomber mes clés, elles ont glissé sous la porte de votre garage, si vous pouviez me l'ouvrir juste un instant que je les récupère.

- Oh ! Mais je suis désolée mademoiselle, je ne peux pas ouvrir le garage. Mon petit-fils l'utilise, il ne serait pas content que je l'ouvre.

Zoé aperçut derrière la vieille dame, un chat couché sur une chaise.

- Oh non ! C'est impossible, reprit-elle d'un air implorant. Vous savez mon chat est enfermé dans mon appartement, le pauvre il n'a ni à boire ni à manger. Je ne peux pas le laisser comme ça. S'il vous plait, murmura-t-elle.

Elle vit la vieille dame, qui hésitait, se mordre les lèvres.

- Oh ! Il ne sera pas content, mais bon, on ne peut pas laisser un chat enfermé sans eau avec cette chaleur. Attendez-moi là, que j'aille chercher le double des clés.

Mathieu tout heureux leva les bras au ciel. Zoé n'était pas très fière de mentir à cette vieille dame, mais bon ! Le rêve était trop précis pour s'arrêter devant la porte du garage.

La vieille dame revint et donna le trousseau à Zoé.

- Il va falloir que vos amis vous aident, moi je ne l'ouvre plus depuis des années, elle est bien trop lourde pour moi.

- C'est votre petit-fils qui utilise donc votre garage ? Demanda de façon innocente Zoé.

- Mon petit-fils et ses nouveaux amis. Ils bricolent dedans, surtout le soir. Ils font d'ailleurs un bruit pas possible.

Mathieu s'empressa de saisir les clés, et ne put retenir une exclamation de pur bonheur.

- Oh bon sang ! Il est là. C'est lui, dit-il en se précipitant.

- Mais que se passe-t-il ? Demanda surprise la vieille dame, en voyant des dizaines de scooters. Qu'est-ce que c'est que tous ces scooters ?

Zoé avait de la peine pour elle.

- Mathieu, Nicolas restez ici ! Je vais tout lui expliquer, et toi Mathieu appelle ton inspecteur qu'il vienne immédiatement.

- La police ! Vous appelez la police ! Mais je n'ai rien fait, reprit la vieille dame confuse et désorientée.

Zoé l'accompagna, lui fit un café pour la calmer et lui raconta le trafic de scooters auquel son petit-fils devait être mêlé.

- Oh ! Il m'avait dit qu'il avait changé. Vous savez, je l'ai cru, c'est mon petit-fils. Je vais avoir des ennuis ?

Zoé mit sa main sur la sienne.

- Non ! bien Sûr, la police verra bien que vous ne saviez pas ce qui se passait dans votre garage. Ah ! Tenez regardez, les voilà.

Zoé observa l'inspecteur, un certain CHABAUD et un policier en tenue qui se présentèrent. Il demanda à la vieille dame des explications mais n'insista pas en voyant à quel point elle était affligée. Au moment de repartir, il s'adressa à leur groupe.

- Eh ! Les jeunes ! Comment avez-vous su que c'était ici ?

- C'est Zoé monsieur, elle l'a rêvé, précisa Lucien.

Super ! Pensa Zoé, voilà que l'inspecteur la regardait comme si elle était folle.

- Très drôle, les petits malins, répondit l'inspecteur en fixant Zoé d'un regard peu amène. Bon filez ! Toi prends ton scooter et la prochaine fois ne jouez pas les Sherlock HOLMES, cela peut être dangereux.

Les trois amis retournèrent tout joyeux à la villa où Nanny les attendait.

- Je savais, que tu le retrouverais dit-elle en regardant Le GRIMALKIN qui était installé à côté de Zoé. Bravo ! Tu es très doué.

Zoé regarda le chat en fronçant les sourcils. Bon d'accord, ils avaient eu de la chance, c'est tout. Mais quand même, ce rêve c'était vraiment étrange, quelle coïncidence tout de même. Toutefois, que venait faire Le GRIMALKIN dans cette histoire ? Il n'avait pas bougé d'ici, un gros fainéant en plus.

CHAPITRE 4

Le jour de la rentrée arriva, et contrairement à ce qu'elle avait imaginé, Zoé n'appréhenda pas ce moment. Elle y allait avec des amis, Sophie qui s'était radoucie, Mathieu et Nicolas.

Ils se retrouvèrent sur le parking si heureux d'être ensemble. Mathieu venait d'accrocher son fameux scooter à la grille.

- J'espère que maintenant lui et moi on ne se séparera plus, dit-il en tapotant la carrosserie de son véhicule.

Ses amis se mirent à rire. Ils furent brutalement interrompus par l'arrivée d'un homme d'une trentaine d'années chaussé de petites lunettes rondes.

- Ah ! Mathieu, je vois que déjà vous reprenez vos bonnes habitudes. N'oubliez pas que cette année c'est votre dernière chance, alors évitez de faire le pitre de nouveau. Il regarda le petit groupe d'étudiants, et si vous me présentiez vos amis ?

- Bonjour monsieur LAMANON, je vous présente Sophie CARDILAGO, Zoé KILHOURZ, Nicolas PEYNIER, répondit Mathieu d'un air gêné.

Le professeur se tourna alors vers deux autres personnes, qui se tenaient à proximité.

- Et vous ?

Un jeune homme grand et mince au teint mat le regarda en se redressant légèrement, levant fièrement le menton.

- Mon nom est Amir BEN KHALIR monsieur.

Monsieur LAMANON l'observa attentivement.

- Ah oui ! J'ai entendu parler de vous. Vous êtes le bienvenu dans notre université, j'espère que vous y passerez une année agréable.

Mathieu se pencha vers Zoé.

- On dirait un gentil organisateur d'un club de vacances, lui murmura-t-il à l'oreille.

Zoé se pinça les lèvres pour ne pas pouffer de rire.

- Vous avez quelque-chose à dire Mathieu ? Surtout ne vous gênez pas, faites en profiter tous vos petits camarades.

- Non monsieur, bonjour Amir, heureux de te connaître, précisa Mathieu tout sourire.

Ce dernier hocha légèrement la tête, Zoé était intriguée, il se démarquait des autres, et cette déférence du professeur l'étonna. Elle observa un peu plus attentivement Amir. De par son maintien, il lui rappelait Nanny, même élégance dans la tenue, des vêtements de marque, un profil fier et altier.

À ce moment-là, elle le vit tourner la tête vers un cabriolet rouge rutilant. Oui Amir était différent. Il la toisa de toute sa hauteur, et Zoé rougit d'avoir été prise sur le fait, il la fixait de son regard noir intense.

Monsieur LAMANON se tourna alors vers le dernier étudiant du groupe, un jeune homme grand, blond aux yeux verts.

- Je n'ai pas retenu votre nom, monsieur ?

- Je suis Marc MEYER monsieur.

- Que tenez-vous donc là ?

- Des spécialités de ma région des petits biscuits, des BREDELES. Mais servez-vous je vous en prie, dit-il en s'adressant au groupe.

Mathieu affamé comme d'habitude, plongea la main dans le sac, et se fit tapoter les doigts par monsieur LAMANON.

- Ah ! Si vous étiez aussi prompt sur vos devoirs, vous brilleriez monsieur GARDILLON.

Ce professeur peu sympathique, se dirigea ensuite vers le portail, les laissant médusés.

- Waouh ! Plutôt tyrannique, murmura Nicolas au groupe. Ne me dis pas qu'on va l'avoir toute l'année ?

Mathieu pouffa de rire.

- Bon alors, je ne te dirai pas, qu'il sera ton professeur et qu'il va faire de ta vie un enfer. Dès qu'il a un élève dans le nez, il ne le lâche plus, un vrai pitbull.

- Super ! Maintenant il nous connaît, précisa Zoé en soupirant.

- On n'a rien fait de mal, la coupa Sophie. Nous étions dehors sur le parking et les cours n'ont pas commencés.

- Tu ne le connais pas, il ferre sa proie, il cherche l'odeur du sang, murmura Mathieu en faisant des mimiques.

Les autres éclatèrent de rire. La matinée passa rapidement. Les anciens élèves parrainaient les nouveaux. Une façon conviviale d'accueillir les premières années.

- Eh ! Nous n'avons pas cours cet après-midi. Que diriez- vous d'aller place MORGAN ? Il y a des terrasses sympas. On pourrait se détendre tous ensemble et manger un morceau ?

Il faisait si beau, comment refuser une telle invitation au farniente. Le petit groupe, passa donc son après-midi autour d'une table.

- Waouh ! Il est déjà tard, remarqua Mathieu en regardant son téléphone. Comme vous êtes plusieurs à ne pas connaître la ville, que diriez-vous d'aller visiter le Château de l'EMPÉRY ? Il est juste à côté. On monte ces escaliers, c'est juste à droite. Il y a un super musée.

- Franchement Mathieu, un musée ? T'es sérieux ? Demanda Zoé qui n'avait guère envie de bouger.

- Oui, mais pas n'importe lequel. Non, il est sympa, vous verrez. On découvre l'armée française. Il y a des armes incroyables de toutes les époques. Allez venez ! On bouge !

Les filles poussèrent des soupirs de désespoir, il y avait quand même mieux pour finir un après-midi sympa. Mais, elles se levèrent pour suivre le groupe d'amis.

À cette heure-là, il n'y avait presque plus de visiteurs, ils croisèrent une jeune maman avec deux petits garçons et un vieux monsieur qui semblait à peine tenir debout.

- Ouais ! Mathieu, c'est un truc de vieux ton musée, bougonna Sophie.

- N'importe quoi ! Tu verras c'est plutôt cool.

Effectivement, ils découvrirent des armes fascinantes, d'une taille et d'une longueur impressionnante

- Je croyais que nos ancêtres étaient tous petits et chétifs ? Mais pour porter ça, il fallait être balaise, murmura Zoé admirative.

- Tu vois ! Je vous l'avais dit, précisa tout joyeux Mathieu et attendez ce n'est pas fini.

Ils dépassèrent le vieux monsieur et la maman. Mathieu s'arrêta devant une vitrine qu'il tapota pour attirer l'attention de ses amis. Mais une guide qui passait juste à ce moment-là, intervint.

- Attention jeune-homme, ne touchez pas les vitres s'il vous plait.

- Oh je suis désolé, s'empressa de répondre Mathieu en regardant la guide s'éloigner. Il soupira, je me demande si c'est ma couleur de cheveux, mais je suis toujours celui qu'on prend sur le fait, même quand je ne fais rien de mal.

- Eh ! Mathieu ce n'est pas grave, d'abord elle ne s'adressait pas qu'à toi, mais à tout le groupe et puis n'aie crainte, je suis certaine que cette année cela se passera bien. Monsieur LAMANON a juste voulu t'impressionner ce matin, précisa Zoé en posant sa main sur son bras pour le rassurer.

- J'espère murmura-t-il en lui souriant gentiment. Ah ! Au fait, je voulais vous montrer cette petite boîte, c'est la mèche de cheveux de NAPOLÉON, vous vous rendez compte ?

- Waouh ! Intervint Zoé en s'approchant. Ils auraient pu en mettre un peu plus, il avait les cheveux drôlement fins.

Ils ne purent s'empêcher de nouveau de rire, attirant encore une fois le regard de la guide. C'est à ce moment-là, que Zoé remarqua Amir qui semblait les suivre discrètement. Ils continuèrent leur visite joyeusement, Zoé regarda furtivement derrière elle, Amir les observait. Elle décida de faire demi-tour et de le rejoindre, il parut surpris.

- Tu nous suis ? Demanda-t-elle avec sa franchise habituelle.

Amir ouvrit grand les yeux, il ne s'attendait pas à une remarque aussi directe.

- Non, pourquoi vous suivrais-je ?

Mais Zoé avec son impertinence naturelle, croisa les bras sur sa poitrine le regardant avec insistance, le groupe venait de la rejoindre. Amir soupira en les observant.

- Oui, je reconnais, dit-il en baissant la tête. Je ne connais personne ici, alors quand je vous ai vu rentrer dans ce musée, je vous ai suivi. Je suis désolé je vais m'en aller.

- Eh ! Amir ce n'est pas ce que je voulais dire. Tu n'as qu'à te joindre à nous, insista Zoé. Tu connais le groupe, et puis moi aussi je suis nouvelle, je sais ce que c'est. Allez viens !

Amir d'abord hésitant fut heureux de poursuivre la visite avec ses nouveaux amis. Zoé ne put s'empêcher de l'étudier de nouveau, il l'intriguait, même sa façon de parler était différente, c'était étrange.

Le lendemain les cours reprirent, avec sérieux. Monsieur LAMANON venait de leur annoncer que deux jours plus tard il ferait un test qui déterminerait les places de chacun, afin de former les groupes. Ils espéraient bien rester ensemble, leur entente était parfaite.

Dans l'après-midi, une secrétaire les fit appeler au bureau administratif. C'était étonnant pourquoi eux ? Ils se dévisagèrent intrigués.

En entrant dans le bureau ils découvrirent l'inspecteur CHABAUD. Que leur voulait-il ? Pensa Zoé en s'asseyant sur une chaise qu'il lui indiqua du bout de l'index sans le moindre mot.

Il croisa les bras détaillant chacun des élèves, Amir lui était resté debout, se tenant très droit, face à l'inspecteur.

- J'étais sûr de vous trouver tous ici. Vous je vous connais bien, dit-il en regardant Mathieu. Sur la vidéo j'avais reconnu vos amis, sans connaître leurs noms. Vos dossiers et l'aide de cette jeune personne, dit-il en montrant la secrétaire m'ont permis une identification rapide. Bon ! Les jeunes, je pense que c'est un genre de bizutage, une blague. Alors si vous me la rendez, l'histoire en restera-là. Je ne veux pas gâcher votre année, et je ne crois pas que vos parents apprécieraient.

- Mais de quoi parlez-vous ? Le coupa Amir d'un air glacial.

L'inspecteur le détailla avec attention.

- Hier, vous vous êtes tous rendus au musée de l'EMPÉRY et comme par hasard, au moment de la fermeture on s'est rendu- compte de la disparition de la petite boîte contenant la mèche de NAPOLÉON. Plutôt étrange non, comme coïncidence ?

Tout le groupe s'insurgea, affirmant être innocent dans cette affaire. Amir s'approcha, intima le silence.

- Nous sommes innocents, mais si vous persistez dans vos accusations, vous aurez à faire à nos avocats. Vous n'avez pas le droit de nous accuser ainsi. Je vous prie de mener une enquête sérieuse, si vous ne voulez pas vous ridiculiser.

La secrétaire se pencha à l'oreille de l'inspecteur et lui murmura quelque-chose. L'inspecteur se redressa blême.

- Bon, je vous laisse vingt-quatre heures. De mon côté, je vais faire des recherches. Je vous convoquerai cette fois-ci dans mon bureau, et vous monsieur dit-il en s'approchant d'Amir, je vous conseille de mettre bien au chaud vos avocats, vous risquez d'en avoir besoin.

Le groupe se retrouva sur le parking, aucun n'avait le cœur à rejoindre les cours.

- Oh bon sang ! On est mal. Il nous accuse de vol, ni plus ni moins, et qu'est-ce qu'on ferait de cette maudite mèche de cheveux ? Bougonna Sophie.

Amir leva la main, pour la calmer.

- Nous n'avons rien fait, il ne peut rien contre nous. Mes avocats nous défendront, ne vous inquiétez pas, son dossier ne tient pas la route.

Zoé le regarda de plus en plus intriguée qui était-il ? Mais, à ce moment-là Mathieu paniqué la prit par les deux bras, la fixant intensément.

- Tu dois nous sauver Zoé.

- Moi… Mais, pourquoi moi ? Je n'ai rien fait, j'étais avec vous.

- Je le sais bien, mais si tu pouvais rêver de ce vol, comme pour mon scooter, tu nous sortirais d'un mauvais pas.

Zoé était estomaquée, les autres la regardaient avec attention.

- Mais tu es idiot ! Tu crois que c'est comme le streaming, il te suffit de choisir une vidéo pour la faire défiler dans tes rêves. Je te l'ai dit, c'était juste une coïncidence ce rêve. Une chance sur un milliard c'est tout, ne soit pas stupide Mathieu.

- Nanny avait l'air de dire, que tu en avais le pouvoir, insista-t-il implorant. Ses yeux bleus agrandis par la peur.

- Mais Nanny est âgée, même Sophie te le dira, parfois elle dit des choses bizarres.

Amir toujours aussi calme, demanda des explications et Nicolas lui raconta l'étrange rêve du scooter.

Devant le regard insistant du groupe Zoé décida de rentrer chez-elle, furieuse et contrariée, pour qui la prenaient-ils ? Elle se lova sur son canapé, un coussin serré dans ses bras. À ce moment-là, GRIMA sauta sur le haut du canapé en miaulant.

- Ah ! Te voilà petit voyou, tu te rends compte, ils me prennent pour une extra-terrestre, ils sont complètement fous ! Cet inspecteur CHABAUD est vraiment nul, il est incapable de mener une enquête comme il faut. Dans le fond, tu as de la chance d'être un chat, tu n'as pas de soucis toi !

Le soir au repas, l'ambiance fut lourde, Nicolas la fixait avec insistance comme si la solution dépendait d'elle et qu'elle y mettait de la mauvaise volonté. Nanny les observait à tour de rôle, attendant qu'ils s'expliquent, mais ils se regardaient en chiens de faïence.

- Bon ! Si vous me racontiez tout ? Soupira-t-elle au moment du dessert.

Ils commencèrent à parler en même temps, Nanny dut ramener le silence et leur demanda de s'expliquer chacun leur tour.

Au lieu de comprendre à quel point cette situation pouvait être problématique pour la suite de leurs études, Nanny se mit à sourire en tapotant dans ses mains.

- Mais c'est parfait, juste le genre d'exercices dont tu as besoin.

Zoé se leva furieuse.

- Vous êtes tous fous ma parole. Comment voulez-vous que moi Zoé KILHOURZ, je puisse résoudre ce vol ? Je préfère m'en aller. Je suis désolée Nanny, mais vous me prenez tous la tête.

- Zoé attends ! Répliqua Nanny en essayant de l'amadouer.

Mais contrariée, celle-ci s'en alla. Comment leur faire entendre raison ? Elle se coucha toujours aussi furieuse, GRIMA vint se lover contre elle.

- Ah ! GRIMA c'est de pire en pire. Si je ne trouve pas rapidement ces voleurs, ils m'en voudront tous. Mais qu'est-ce que je vais faire ?

Le sommeil fut long à venir, Zoé soupira de désespoir, elle ne voulait pas décevoir ses amis, mais ils étaient fous d'imaginer qu'elle puisse détenir la solution.

Un regard vert de chat et une voix qui l'appelait de très loin attira son attention. Elle se trouvait dans le musée de l'EMPÉRY, son regard croisa la maman avec les deux enfants, puis le vieux monsieur qu'elle se mit à suivre.

Celui-ci se tenait derrière son groupe qui chahutait devant chaque vitrine, amenant un sourire sur les lèvres de Zoé. Le vieil homme s'approcha de la vitrine contenant la mèche, il appuya sa main sur la vitrine et celle-ci mal verrouillée, s'ouvrit légèrement. Il regarda autour de lui et s'empara de la mèche de cheveux qu'il glissa dans sa poche, avant de refermer la vitrine délicatement. Zoé le vit se précipiter vers la sortie. Elle put le suivre dans les rues de Salon de Provence. Il se dirigea vers la rue Maréchal JOFFRE, elle vit la plaque apposée sur un mur. Une vieille porte avec un encadrement ancien tout sculpté attira son attention, l'homme s'y engouffra.

Zoé voulut s'en approcher mais se heurta au panneau de bois. Elle se réveilla en poussant un cri. Mais où se trouvait-elle ? Dans son lit. GRIMA à ses côtés la regardait, son œil vert, brillait de mille feux.

- Pas possible ! Je dois devenir folle ! C'est ça GRIMA ? Ou alors, je voulais tellement résoudre cette affaire que mon esprit a inventé une suite. C'est sûrement cela, c'est plus logique. Son cœur battait la chamade, elle avait une migraine épouvantable, pas moyen de se rendormir, elle était bien trop excitée par ce rêve.

Elle s'empressa d'informer Nanny et Nicolas au petit déjeuner, de ce rêve absurde. Nanny tapa des mains joyeusement, puis se tournant vers le chat s'écria.

- Bravo Le GRIMALKIN tu es incroyable, je le savais.

- Comment ça bravo GRIMA ? Reprit médusée Zoé. Qu'est-ce qu'il vient faire la dedans ?

- Oh ! Zoé je t'expliquerai plus tard, maintenant tu dois retrouver, avec tes amis ce monsieur, afin de mettre fin à ce litige avec la police.

Nicolas la tira par le bras, tout heureux.

- Je le savais ! Nanny ne se trompe jamais. Tu vois ! Elle n'est pas si folle, dit-il en lui faisant un clin d'œil

- Comment ça, pas si folle ? Bougonna Nanny, en tapant du sol avec sa canne.

Ils partirent en riant, laissant une Nanny médusée. Ils avaient hâte de retrouver leurs amis sur le parking.

Aucun ne voulut se rendre en cours, préférant clore cette enquête au plus tôt.

- Tu sais où se trouve la rue Maréchal JOFFRE ? Demanda Amir à Nicolas.

- Bien sûr, pas très loin du centre-ville. Venez nous y allons tous ensemble.

- Mais ce n'est peut-être qu'un rêve idiot, précisa Zoé qui essayait de calmer l'excitation de ses amis. Si cela se trouve il ne veut rien dire.

- Comme l'autre, répliqua Mathieu en l'embrassant sur la joue. Oh ! Zoé tu es incroyable, tu vas peut-être sauver mon année tout compte fait. J'ai promis à ma mère que cette année je serai excellent.

- Attention ! Si on ne trouve rien cela ne sera pas de ma faute, s'écria-t-elle un peu plus fort, craignant tellement de les décevoir.

Une fois devant la porte, le groupe resta immobile un moment. Que faire ? Difficile d'entrer et d'accuser un vieux monsieur de vol, et d'abord habitait-il ici ?

Et puis zut ! Zoé appuya sur la sonnette, détaillant de nouveau la porte. Elle ressemblait comme deux gouttes d'eau à celle qui était dans son rêve. Celle-ci s'ouvrit doucement et Zoé resta bouche bée, c'était bien le vieux monsieur. Celui-ci fut surpris de voir tout ce groupe à sa porte, il voulut la refermer précipitamment. Mais Nicolas plus rapide la repoussa fermement.

- Vous savez pourquoi nous sommes là ? On nous accuse d'un vol. Celui d'une mèche de cheveux, vous me comprenez maintenant. ? Accusa-t-il d'un air renfrogné.

Amir regarda autour de lui

- Regardez ! C'est un passionné de NAPOLÉON, tout son salon est à l'effigie de ce personnage.

- Mais pourquoi avez-vous fait cela ? S'écria Sophie, choquée de voir une personne aussi âgée, capable de voler.

L'homme s'effondra dans son fauteuil. Il prit sa tête entre ses mains.

- Je ne sais pas ce qui m'a pris. Tous ces gens qui passaient devant, sans se rendre compte de l'importance de cette mèche, même vous, je vous ai entendu rire. Alors qu'avec moi, ici elle serait admirée à sa juste valeur.

- Vous n'êtes qu'un vieux fou ! Vous vous rendez compte que vous avez failli gâcher nos études. Nico appelle la police précisa furieuse Sophie.

- Je…Je suis désolé, je ne voulais pas vous nuire.

- Ouais, et bien c'est un peu tard pour y penser, continua Sophie.

Zoé restait muette, regardant tout autour d'elle. Comment avait-elle pu encore une fois avoir une prémonition ? Serait-elle une extra-terrestre ? Bien sûr que non ! C'était ridicule, encore le hasard c'est tout, juste le hasard.

L'inspecteur CHABAUD arriva, quelques minutes plus tard. Amir lui résuma la situation. Il soupira, incrédule en regardant la pièce réservée à NAPOLÉON. Nicolas lui remit la boîte contenant la mèche dans la paume de la main.

Il détailla chacun des membres du groupe.

- Comment avez-vous fait, cette fois-ci ?

- Zoé ! Répondit joyeusement Mathieu, encore elle. Cette fille est incroyable.

- Encore un…rêve ? Demanda-t-il en pinçant les lèvres.

Zoé ne put que hocher la tête. Comment lui expliquer la vérité ? Elle ne le savait pas elle-même.

Le groupe ressortit soulagé, de la maison.

- Bravo ! Zoé s'écria Amir, tu nous as sauvé d'une situation délicate, ses yeux noirs pétillaient de bonheur.

- Oui, mais je ne sais pas comment, répondit-elle, en se mordillant les lèvres.

- Flûte ! On a encore raté les cours et demain on a le test de monsieur LAMANON, il va nous trucider. Zoé tu crois que… Tu pourrais faire quelque-chose ? On n'aura jamais le temps, de réviser comme il faut, dit-il en grimaçant.

Zoé fronça les sourcils, furieuse.

- La ferme Mathieu ! Je ne suis pas un décodeur à la demande. Le hasard, c'est tout. Juste le hasard, tu crois quoi ? Que je vois ce que je veux dans mes rêves ? Tu me prends pour qui ?

- Eh ! Calme-toi, je disais ça juste pour rire, répondit-il en la regardant d'un air penaud.

CHAPITRE 5

Zoé rentra chez-elle, des questions plein la tête, et si tout le monde avait raison ? Si elle était capable de prédire l'avenir avec l'aide de GRIMA ? Nanny semblait le penser et les autres aussi. Elle se mordilla les lèvres, c'était fou ! Impossible !

Personne ne pouvait prédire aussi précisément un fait. Ils étaient tous atteints du syndrome de NOSTRADAMUS, le besoin de croire aux prémonitions. Voilà c'était juste des bêtises, des croyances d'un autre âge.

GRIMA sauta sur ses genoux, machinalement elle le caressa, il se redressa sur ses pattes et lui donna un petit coup de museau sur le nez.

- Aïe ! Franchement, je ne vois pas ce que tu as de spécial, tu es juste un chat.

Celui-ci miaula, comme offusqué par sa remarque ce qui fit rire Zoé.

- Bon d'accord, excuse-moi, tu es mignon, et plutôt sympa, mais ne le répète à personne s'il te plait. Elle se redressa déposa GRIMA sur le canapé et s'éloigna, puis s'arrêta subitement au milieu de la pièce, se retourna et regarda un long moment GRIMA qui la fixait de ses grands yeux verts.

- Je dois être folle, mais... J'aimerais essayer quelque-chose ? GRIMA demain j'ai un test hyper-important, peux-tu m'aider ? Que je sache si je suis aussi atteinte du syndrome de NOSTRADAMUS. Si tu m'aides, alors respect mon gars, ainsi je saurais.

Elle se coucha avec GRIMA à ses côtés, elle avait le cœur battant, le sommeil la fuyait. Aussi quelle idée, d'imaginer ce chat capable de prédire l'avenir. En plus elle n'arrêtait plus de lui parler, à coup sûr, elle allait finir l'année internée chez les fous

GRIMA qui devait sentir sa tension se rapprocha un peu plus d'elle, en posant sa patte sur son visage. Zoé sombra dans un sommeil agité, tous les évènements de la journée repassaient en boucle. Puis tout à coup, un regard vert, immense, emplit son esprit, il se rapprochait de plus en plus près, comme à chaque fois. Elle vit défiler des exercices, c'était le même contrôle que l'année précédente. Elle se réveilla en sursaut au petit matin, GRIMA assis au pied du lit la fixait.

- Ce n'est pas possible ! Dis-moi que j'ai rêvé n'importe quoi ?

GRIMA sauta du lit, la regarda une dernière fois avant de se diriger vers sa gamelle.

Zoé le suivit le cœur battant.

- Bon sang ! GRIMA, si c'est vrai, tu te rends comptes des implications ? Qu'est-ce que cela peut signifier ? Et pourquoi moi ?

GRIMA la regarda intensément, semblant sonder son esprit.

- Bon ! Tu sais quoi, je vais informer les autres, mais en leur disant que c'est sûrement une pure bêtise, on verra bien. En tout cas, tu as bien mérité ta gamelle, dit-elle en riant.

Sur le parking Zoé raconta à son groupe d'amis son rêve étrange.

- Impossible ! Rétorqua Mathieu monsieur LAMANON ne reprend jamais les mêmes contrôles. Et tu dis à un chiffre près ?

Zoé hocha la tête, devant son air si déterminé, ils sortirent tous leurs documents et se mirent à réviser frénétiquement.

Marc MEYER qui passait à ce moment-là juste derrière eux, se pencha sur leurs feuilles.

- Vous êtes tarés, jamais monsieur LAMANON n'a repris un ancien contrôle. Vous êtes à la ramasse les gars, vous êtes cuits.

- Non ! Rétorqua furieux Mathieu, Zoé et son chat l'ont rêvé.

Marc éclata de rire.

- Et en plus complètement fous ! Vous êtes vraiment trop nuls, dit-il en s'éloignant.

Zoé tapa sur le bras de Mathieu furieuse.

- Hé ! Qu'est-ce qui te prend ? Dit-il en se frottant le bras.

- Pendant que tu y es, passe une annonce dans le journal. Tu es fou ou quoi ! Tu ne dois parler de ceci à personne, tu m'entends personne. Sinon je ne te dirai plus rien, tu as bien compris.

Contrit, Mathieu opina de la tête.

L'heure de l'examen approcha, ils se dirigèrent le cœur battant vers la salle des contrôles, chacun rejoignant sa place. Ils se regardèrent anxieusement. GRIMA avait-il encore une fois réussi ?

Zoé avait le cœur qui battait frénétiquement. Lorsqu'elle eut la copie devant ses yeux, elle resta un long moment sans bouger. C'était exactement comme dans son rêve. C'était impossible ! Un chat ne pouvait pas prédire l'avenir.

Elle releva la tête et capta le regard de Mathieu qui lui souriait en levant les pouces. Marc MEYER la fusilla du regard. Il leva la main et demanda la parole. Zoé se mordit la joue, si fort qu'elle sentit le goût du sang dans sa bouche.

- Monsieur dit-il, certains ici connaissaient le sujet de ce matin. Je pense que nous devrions remettre ce contrôle à plus tard.

Zoé était si mal, qu'elle pouvait sentir les palpitations de son cœur dans sa gorge, un filet de sueur coula dans son dos. Qu'allait-il se passer ?

Monsieur LAMANON se redressa l'air belliqueux.

- Qu'est-ce que vous me racontez là ?

- Zoé et son chat ont rêvé cet examen.

À peine Marc avait-il fini sa phrase, que tous les élèves éclatèrent de rire.

Monsieur LAMANON demanda le silence, s'approcha de Zoé.

- Est-ce exact mademoiselle KILHOURZ ?

Amir se redressa et prit la parole.

- Monsieur vous ne pouvez pas accorder de crédit à ces propos, cela voudrait dire que pour vous la prémonition est un fait avéré. Et même si c'était vrai. Cela n'est pas triché. Je vous vois mal justifier et soutenir une telle explication devant vos supérieurs. Car nous n'hésiterons pas à nous plaindre, sachez-le.

Monsieur LAMANON se retourna vers Amir en fronçant les sourcils.

- Pourquoi faut-il que vous soyez toujours aussi prompt à défendre vos camarades ? Bon ! La récréation est terminée. Marc MEYER rasseyez-vous, cessez vos élucubrations et penchez-vous sur votre copie, si vous ne voulez pas avoir un zéro. Je vous préviens, que le temps continue de décompter.

Un brouhaha de protestation se fit entendre.

Zoé était inquiète, pourvu qu'ils ne rendent pas une copie impeccable, le but n'était pas d'avoir le maximum de points, juste une très bonne note.

Elle regarda ses camarades chacun hocha la tête semblant avoir compris. Elle poussa un soupir de soulagement.

Après l'examen, dans le couloir Zoé sentit sur elle des regards lourds. Elle avait l'impression d'être anormale. On chuchotait en la montrant du doigt, certains pouffaient de rire, d'autres s'en écartaient comme si elle était porteuse de la peste.

Zoé se dépêcha de retourner au Mas, pour fuir cette tension malveillante. Le groupe se retrouva autour de la piscine chez Nanny. Celle-ci les rejoignit.

- Alors et ce contrôle ? Vous m'avez l'air tous bien joyeux, même toi bécasse.

Celle-ci soupira bruyamment, ce qui fit rire les autres. Mathieu regarda Zoé d'un air implorant.

- Bon alors à Nanny, je peux raconter ?

Zoé hocha la tête. Depuis leur retour à la maison elle était hantée par des questions et n'arrivait pas à se réjouir de cet examen.

Nanny écouta avec attention, mais ne quittait pas des yeux Zoé. Elle tapa du sol avec sa canne comme à son habitude.

- J'espère que vous avez fait attention. Il fallait commettre quelques erreurs, précisa Nanny en observant chacun des membres du groupe. Faire preuve de prudence, ne pas attirer l'attention.

Ils opinèrent de la tête les uns après les autres, sauf Mathieu.

- Quoi ? Tu as fait tout juste ? S'insurgea Zoé.

- Non bien sûr ! Le problème c'est que je ne me rappelais pas de tout, je n'ai pas commis ces erreurs volontairement, précisa-t-il en grimaçant.

Tout le monde éclata de rire.

Lorsque le résultat du test arriva quelques jours plus tard, ils avaient tous le sourire, les notes étaient excellentes. Monsieur LAMANON leur remit les copies les lèvres pincées sans le moindre mot. Ils étaient donc dans le même groupe, Marc MEYER aussi en faisait partie. C'était un élève doué, mais son regard en disait long. Il était furieux, tant pis. Zoé le regarda en haussant les épaules.

Les jours suivant l'humeur de Zoé s'assombrit, elle se sentait épuisée, elle faisait un drôle de rêve, étrange, effrayant par moment, elle n'arrivait pas à comprendre. De grands cernes ombraient son regard. Ce jour-là, tout le groupe était de nouveau réuni au Mas. Nanny qui observait depuis un moment Zoé, s'approcha.

- Et si tu nous disais ce qui ne va pas ? Dit-elle en l'étudiant attentivement.

Zoé se redressa sur sa chaise, prête à nier qu'elle avait un problème, mais les regards insistants de tous ses camarades étaient fixés sur elle. Un grand silence régna. Zoé prit une grande respiration.

- Ce n'est rien, murmura-t-elle tout doucement.

- Hum ! Je n'en ai pas l'impression. Allez, Zoé à mon âge on n'a plus de temps à perdre, raconte !

Zoé soupira bruyamment en regardant Nanny.

- Je n'arrive plus à dormir, dès que je ferme un œil, je fais un rêve étrange perturbant. Je suis fatiguée par tout ça. Je ne comprends plus rien.

Nanny tapa le sol de sa canne.

- Je crois qu'il est temps que je t'explique, c'est important. Nous devons avoir cette discussion.

Les autres firent mine de se lever, mais elle frappa de nouveau le sol avec sa canne.

- Vous êtes tous concernés.

Ils se rassirent médusés par l'air sévère et déterminé de Nanny

- Même moi ? Demanda d'une petite voix Sophie.

- Toi aussi bécasse.

Sophie grogna en se rasseyant.

Nanny les regarda les uns après les autres.

- Que savez-vous de NOSTRADAMUS ?

- Pff ! Rien, murmura Mathieu.

Les autres rirent sous cape.

- Ah ! Ces jeunes, précisa Nanny en secouant la tête doucement. Ce que je vais vous raconter doit rester entre nous. De toute façon celui qui parlera le regrettera. Rien n'échappe au GRIMALKIN, sa vengeance est implacable.

Ils échangèrent des regards inquiets. A quoi pensait Nanny ? De quoi parlait-elle ? Celle-ci se tourna vers Zoé.

- C'était un homme de science, passionné de connaissances, apothicaire et médecin de surcroît. Il a été formé à Montpellier, mais il est surtout connu pour ses centuries, ses prémonitions. Cependant, tout le monde croit qu'il lisait dans les étoiles, les planètes. Mais, connaissez-vous l'histoire de son chat ?

Ils se regardèrent tous en secouant la tête. Nanny continua son récit.

- NOSTRADAMUS avait un chat, Le GRIMALKIN.

Il y eut des cris de surprise, elle tapa de nouveau le sol avec sa canne.

- Ce chat avait dit-on des pouvoirs. On raconte qu'il était la réincarnation du chat de CLÉOPATRE.

- Mais enfin, la coupa Zoé. Ne me dites pas que vous croyez à la réincarnation ?

- Tais-toi et écoute ! Ce chat d'après la légende, serait à l'origine des visions, il les transmettait à son maître, son messager.

- Quoi ! Vous voulez dire que NOSTRADAMUS n'avait aucun don ? Intervint Zoé.

- Cet homme avait des prédispositions pour les prédictions, il en a d'ailleurs faites quelques-unes au début de sa vie. Mais c'est sa rencontre avec Le GRIMALKIN qui a changé sa destinée. Il était son messager. Seul des êtres exceptionnels sont capables de communiquer avec ces chats.

Elle les regarda à tour de rôle.

- Mais soyons réalistes. Comment croire qu'au XVI me siècle un homme avait assez de connaissances pour lire dans les étoiles et les planètes, des milliers d'années de prédictions ? Alors que les meilleurs de nos jours, prédisent sur une année, avec plus ou moins de succès. Disons qu'il a habilement mélangé sa passion de l'astronomie et les visions du GRIMALKIN. C'était un homme avide de connaissances, il voulait en apprendre toujours plus. Il était ouvert à la science ne l'oublions pas. Un personnage vraiment fascinant.

- Donc ses prémonitions ne venaient pas de l'étude des étoiles et des planètes, mais, d'un chat ? Il y en avait plusieurs ? Reprit Nicolas, éberlué comme les autres.

- Le premier est apparu auprès de CLÉOPATRE, mais nous les retrouvons tout au long de l'histoire, toujours auprès de grands hommes qui ont changé le destin du monde.

- Quoi ! Et vous croyez que GRIMA en est un ? C'est impossible s'écria Zoé.

- C'est évident ! Affirma avec conviction Nanny.

Celle-ci, continua son récit.

- Je sais que cela peut paraître fou, mais écoutez-moi bien. Je fais partie d'un ordre très ancien, *Scientia Protectores Eius* (les protecteurs du savoir). Nous sommes nombreux dans le monde et sur Salon de Provence. Notre rôle est de décrypter les prédictions et protéger notre futur. Nous devons intervenir discrètement. Une prédiction mal interprétée peut être dangereuse.

Elle poussa un long soupir avant de continuer devant une assemblée médusée.

- Ce fut le tort de NOSTRADAMUS, ses centuries galvaudées à travers le monde ont été interprétées avec beaucoup trop de fantaisie. Une prédiction ne peut pas tomber dans n'importe quelle main, c'est dangereux.

- *Scientia* quoi? Demanda incrédule Mathieu, c'est en quelle langue ?

- Hum ! Je crois que nous avons tout à vous apprendre, c'est du latin, reprit Nanny en soupirant, d'un air désespéré.

- Mais, il y a eu d'autres personnes comme NOSTRADAMUS ? demanda Mathieu intrigué

- Depuis NOSTRADAMUS, il y a bien eu quelques messagers, mais jamais d'aussi puissants. Le lien qui les unissait était très fort, exceptionnel.

Depuis nous attendons l'arrivée du grand messager, le plus puissant d'entre tous.

- Je ne comprends plus rien, s'écria Mathieu en se grattant la tête.

Nanny les observa un moment avant de poursuivre.

- Le problème avec NOSTRADAMUS, c'est qu'il était déjà âgé, lorsque Le GRIMALKIN est entré dans sa vie. Trop de connaissances en peu de temps, et en plus sur un corps malade, cela a provoqué des catastrophes. Cet homme souffrait de goutte et d'insuffisance cardiaque. Certains décrivaient des transes lorsqu'il écrivait ses centuries.

Nanny, secoua la tête.

- J'y ai souvent pensé. Avec le recul, je suppose qu'avec sa formation de médecin, il devait prendre des médications puissantes pour résister à la douleur. Ceci expliquerait que certaines de ses prémonitions semblent être illogiques, incompréhensibles et donnent au final des interprétations fantaisistes, surtout les dernières.

Le groupe était fasciné, par ce récit, n'en croyant pas leurs yeux.

- Cette fois-ci, Le GRIMALKIN a choisi quelqu'un de jeune, toi Zoé.

- Moi ! Mais c'est impossible pourquoi moi ? Et c'est quoi cette secte ? L'interrompit-elle incrédule.

Nanny claqua sa langue sur son palais, offusquée d'une telle comparaison. .

- Nous ne sommes pas une secte, mais les gardiens du savoir. C'est un ordre ancestral, qui remonte à la nuit des temps. Nous protégeons Le GRIMALKIN.

À ce moment-là, GRIMA sauta sur la table, s'allongeant d'un air impassible en plein milieu, sous les regards ébahis du groupe.

- Mais comment savez-vous qu'il en est un ? Interrogea Sophie. Il m'a l'air tout à fait normal.

- Cela se passe toujours de la même façon Le GRIMALKIN apparaît un matin, nul ne sait d'où il vient. On sait juste que c'est lui, au premier regard. Il est différent des autres, on le sent de suite. C'est toujours un chat noir au regard vert pénétrant.

Nanny soupira longuement.

- Mais, ils n'ont pas tous le même pouvoir. Pour le développer, Le GRIMALKIN doit rencontrer le messager qui lui est destiné. Il peut se passer des siècles avant qu'il ne trouve la personne idéale. La réussite dépend de la force du binôme.

- Le binôme ? Reprit Amir.

- Oui, il faut que la connexion entre les deux soit parfaite. Il faut des années d'apprentissage avant que Le GRIMALKIN fasse part de ses prémonitions sur l'avenir du monde. Il faut être capable de les interpréter correctement. Le GRIMALKIN tout seul ne peut rien faire, c'est une équipe si vous préférez.

Nanny soupira.

- C'est là, je crois l'erreur du dernier GRIMALKIN célèbre. Son messager était trop âgé et malade. Il faut une grande force de caractère, tout le monde n'y arrive pas.

- Et vous croyez que c'est moi ? Comment le savez-vous ? Je ne suis pas super intelligente comme NOSTRADAMUS, en fait, je suis juste une simple étudiante. La coupa Zoé en ouvrant grand les yeux.

- Oui, je pense que tu es la messagère tant attendue. Nous sommes avertis que le messager arrive. De nouveaux gardiens apparaissent aussi, une garde rapprochée. Comme si le moment venu tout le monde se retrouvait au même endroit. Vous formez à vous tous, les nouveaux gardiens du GRIMALKIN.

- Impossible ! Je ne peux pas être un gardien, je n'habite pas ici précisa Amir.

- Comment es-tu arrivé ici ? Lui demanda Nanny en plissant les yeux. Je vais te le dire. Ton père a séjourné dans cette ville. Il a toujours été passionné par NOSTRADAMUS. Tu as grandi en écoutant ses histoires, ses prémonitions. C'est pour obéir à sa volonté que tu es venu étudier ici, alors qu'avec ton niveau et tes moyens, tu devrais étudier dans une école prestigieuse à Londres ou aux USA.

Amir ouvrit de grands yeux, déconcerté par cette nouvelle.

- Votre rencontre n'est pas due au hasard. Vous deviez vous rencontrer. Nul ne peut échapper à sa destinée. Vous êtes tous liés, affirma Nanny.

Amir remua sur sa chaise, dérangé par les dires de Nanny.

- Vous voulez dire que mon père est…

- Un gardien du GRIMALKIN.

- Mais quel est le rôle du gardien ?

Amir était sous le choc, il devait digérer la nouvelle.

- Un gardien prend soin du GRIMALKIN et du messager, il protège le secret, et étudie les prémonitions. Nous vivons tous dans l'espoir d'assister un jour à l'arrivée du nouveau messager. C'est notre but ultime, la raison de notre mission.

- Mon père ne peut pas être un gardien, c'est un…

- Je sais qui est ton père, intervint Nanny. Je suis persuadée qu'il sera heureux et fier de ce qui t'arrive.

- Mais et moi ? Reprit Mathieu, je n'ai rien de spécial, Amir, Sophie, Nicolas, et Zoé sont brillants mais moi, je suis banal. C'est sûrement une erreur.

- Le GRIMALKIN ne commet jamais d'erreurs, vous êtes tous ici pour une raison précise. La future génération de gardiens. Pourquoi toi ? Je n'en sais rien. Mais l'avenir nous le dira.

- Mais, et si on n'en a pas envie ? Demanda Sophie effrayée.

- Cela ne se refuse pas, c'est un honneur. En plus chacun de vous aura une grande destinée. Approcher un GRIMLAKIN puissant est un privilège, très peu ont eu cette chance. Il faudra vous en montrer digne.

Elle caressa de sa main libre Le GRIMALKIN, qui miaula de plaisir.

- Votre rôle pour commencer, sera d'aider Zoé.

- Comment pouvez-vous être certaine de tout ça? Demanda Zoé curieuse.

- Lorsque une rencontre avec un messager est imminente, Le GRIMALKIN en informe les gardiens avec un rêve annonciateur. Voilà pourquoi je t'attendais si impatiemment. Tu devais réussir le premier test avec lui.

- Et voilà pourquoi vous avez refusé de me louer le studio ? murmura Sophie.

- Oui quand tu as échoué, j'ai compris que tu n'étais pas l'élue.

Nanny se tourna alors vers Zoé.

- Tu vois, ces rêves que tu fais, dit-elle en la regardant, ils ont une signification. Tu dois réussir avec tes gardiens le test.

- Quel test ? Demanda Zoé en fronçant les sourcils.

- Le GRIMALKIN, a besoin de toi pour affirmer son pouvoir, il doit développer ses dons, comme toi. Il faut que tu découvres ce qu'il attend de toi. Si tu échoues, il perdra ses pouvoirs, et tu le perdras.

- Comment ça ? Perdre GRIMA ? Vous ne pouvez pas me le reprendre, je n'aimais pas les chats, et vous m'avez obligée à le prendre. Aujourd'hui, c'est mon ami, il est un membre de ma famille.

- Le GRIMALKIN ne peut rester avec le messager que s'ils se comprennent, sinon il redevient un simple chat et disparaîtra un matin. Nul ne le reverra jamais. C'est ce qui s'est passé à chaque fois, depuis NOSTRADAMUS.

Nanny mit sa main sur la sienne.

- Nous mettons tous nos espoirs sur toi Zoé et sur Le GRIMALKIN. Il faut que nous ayons de nouvelles prédictions fiables, pour protéger notre futur.

Zoé regarda chacun de ses camarades, effarée par ses propos. Tous comprirent la gravité du moment. Elle ne voulait pas perdre GRIMA, elle l'aimait. Zoé n'avait donc pas le choix, elle devait réussir.

- C'est quoi ce test ?

Les autres se penchèrent un peu plus, attendant la réponse de Nanny.

- Vous devez retrouver le testament que NOSTRADAMUS a laissé à votre intention. Tous les GRIMALKIN depuis, ont échoué jusqu'à ce jour.

- Qui ? NOSTRADAMUS ? Mais il est mort depuis des siècles, précisa Zoé qui doutait de la réussite d'une telle aventure. C'est mission impossible, ironisa-t-elle.

- Et puis, on a dû le trouver son testament depuis tout ce temps ? Intervint Amir.

- Non, le dernier grand GRIMALKIN avait tout prévu. Tu dois te servir de ce rêve récurent qui te perturbe, tout est là. Chaque grand GRIMALKIN laisse un testament pour son successeur. Donc il existe toujours quelque part.

Elle les fixa avec attention.

- C'est un test pour voir si le binôme, est à la hauteur de la tâche. Tu vois jusqu'à maintenant Le GRIMALKIN restait quelque temps auprès de son messager apportant quelques prédictions qui ont fait la fortune des messagers et de leurs gardiens. Puis, un matin il disparaissait, car ce n'était pas l'élu tant attendu. Depuis NOSTRADAMUS tous ont échoué dans cette quête. Nanny la fixa avec beaucoup d'attention.

- Écoute-moi bien ! Le GRIMALKIN te fait parvenir des indices, il faut que tu attendes que le rêve soit complet, pour bien le déchiffrer, c'est très important. Que vois-tu ?

- Pff ! Rien de bien intéressant. Au début votre canne, tout le monde se mit à rire. Mais, ce n'est pas étonnant reprit Zoé, vous êtes toujours en train de taper le sol avec.

- Oui j'aime bien, dit Nanny en souriant, cela me donne un air plus sérieux et j'ai remarqué que tout le monde m'écoutait plus attentivement, et après ?

- C'est confus, je vois des gens d'une autre époque, des bruits de foule, de l'eau qui coule, des vieilles pierres.

- Bon écoute moi ! Tous les matins tu noteras chaque détail, avec attention. Lorsque le rêve sera identique tous les jours, nous pourrons commencer à chercher le testament. Nous devrons travailler ensemble. Le plus important est de ne rien négliger. Il faut garder en tête chaque indice c'est primordial.

Nanny regarda tous les membres du groupe.

- En attendant, essayez d'en savoir un peu plus sur NOSTRADAMUS visitez la ville, les monuments anciens, son musée. Chaque détail peut avoir son importance. Nos réunions se tiendront ici, d'accord ?

- Mais, qu'y a-t-il dans ce testament pour qu'il soit si important ? Demanda Zoé.

- Cela nous le découvrirons ensemble, trouvons-le d'abord, insista Nanny.

Tout le monde ressentait une fébrilité. Cette aventure s'annonçait effrayante car mystérieuse, mais passionnante.

CHAPITRE 6

Le groupe d'amis était sous le choc de ces révélations. Nanny venait de se retirer pour les laisser digérer autant d'informations.

- Il n'y a que moi qui se pose des questions ? Vous y croyez à cette histoire, cet ordre mystérieux ? Et si Nanny perdait la tête tout simplement, précisa Sophie.

Nicolas s'offusqua de ses propos.

- Tu dis n'importe quoi ! Nanny a toute sa tête. Et comment tu expliques toutes ces prémonitions que nous avons vues ? Le fruit du hasard peut-être ? Tu sais, quand j'étais petit je voyais souvent ma grand-mère recevoir des personnes étranges, peut-être des réunions de son ordre secret.

- Bon ! Mais alors si c'est vrai. Qu'allons-nous faire ? Demanda Sophie

Amir sembla réfléchir avec attention. C'est vrai que GRIMA avait prouvé ses talents et plus d'une fois, il était difficile de mettre en doute cette histoire. Il repensa aux révélations sur son père et se promit de l'interroger au plus vite.

- Je crois que Nanny a raison, nous devons en savoir plus sur ce personnage. Pourquoi ne pas retourner au château de l'EMPERY pour commencer ? Demanda-t-il.

- Non, je ne pense pas que ce soit une bonne idée, c'est plutôt un musée de l'armée nous n'apprendrons rien de plus sur NOSTRADAMUS, commençons plutôt par son musée, on verra pour la suite, précisa Zoé

- Quoi ! Encore un musée. Je crois que je vais battre mon record, je n'en ai jamais fait autant en si peu de temps, geignit Sophie.

- Nous irons demain, confirma Nicolas nous n'avons pas cours. Il faudra prendre des notes, c'est important, nous devons être méticuleux.

Sophie bougonna.

- Mais quel intérêt de chercher un vieux bout de papier ? Que veux-tu qu'il y ait dessus ? C'est ridicule, et puis autant chercher une aiguille dans une botte de foin.

Nicolas, mit sa main sur la sienne.

- Ma puce c'est hyper important et tu as entendu Nanny une grande destinée attend les gardiens. Notre avenir se joue peut-être là. En plus, je trouve que c'est une sacrée aventure, retrouver le dernier testament de NOSTRADAMUS.

Mathieu se mit à rire.

- Ouais ! Bein ! J'espère surtout qu'on n'aura rien d'illégal à faire, genre desceller une vieille pierre du château, ou creuser un trou en plein milieu. Je n'ai pas envie de me retrouver face à ce maudit inspecteur. Oh ! Mais j'y pense, au château il y avait son jardin aromatique, son nom c'est *Le Simple* je crois.

- Oui c'est vrai confirma Zoé, mais allons d'abord au musée. Cela sera le point de départ de notre enquête. Oh ! Mais dis donc Amir, je croyais que ton père te racontait ses prédictions, sa vie, tu dois en connaître un rayon sur lui ?

Amir soupira.

- En fait, je ne l'écoutais pas vraiment. Comme je le regrette aujourd'hui, grimaça-t-il. Je trouvais cette vieille histoire de prédictions complètement nulle, pour les pauvres d'esprit. Ah ! Si j'avais su ! Je ne comprenais pas qu'elle fascine autant mon père. Je l'appellerai pour en avoir le cœur net.

Le lendemain ils se retrouvèrent devant la porte de la tour de l'horloge.

- Regardez, dit Mathieu en levant la tête c'est une horloge astronomique décidément tout est lié à NOSTRADAMUS, nous n'allons pas manquer d'indices.

- Oui, c'est vrai tout le rappelle, mais cette tour fut achevée en mille six cent soixante-quatre. NOSTRADAMUS était déjà mort donc on peut l'oublier je pense précisa Nicolas en admirant ce chef-d'œuvre.

- Comment tu sais ça toi ? Demanda étonnée Zoé.

- J'ai commencé à rechercher les monuments qui pouvaient nous intéresser.

- Ouf ! Je préfère ça dit Mathieu, je me voyais mal commencer à taper au burin sur la tour pour y trouver un message.

Tout le monde se mit à rire en imaginant la scène. Ils se dirigèrent vers le musée. Dès leur arrivée ils furent accueillis par une statue de NOSTRADAMUS, ils la regardèrent avec encore plus d'attention, quels secrets cet homme allait-il leur révéler ?

Ils écoutèrent avec attention chaque scène décrite par une voix enregistrée. On entendit Mathieu soupirer de désespoir.

- C'est flippant leur truc, c'est sombre en plus.

- Oui cela me fait penser dans les parcs d'attractions aux trains fantômes ou aux maisons hantées. Ce sont les têtes des personnages et leurs regards surtout, qui sont effrayants, précisa d'une petite voix Sophie. J'espère que vous trouverez rapidement ce dont on a besoin.

Ils prenaient des notes, écoutant avec attention la voix off. En voyant les centuries qui tapissaient le grand escalier, ils ne purent retenir un cri.

- Oh ! Bon sang ! J'espère qu'on ne devra pas toutes les étudier soupira Mathieu, il y en a des milliers.

Amir semblait fasciné par l'une d'entre elles, Zoé se pencha sur son épaule.

- C'est quoi cette langue ? Je ne comprends rien, murmura Zoé.

Mathieu qui essaya d'en lire une, se mit à pouffer.

- Quand je pense que ma mère n'arrête pas de me dire que nos sms ne sont pas en français, si elle voyait ça, elle hallucinerait. Cela ne veut rien dire.

- C'est un mélange de vieux français, de Provençal et de latin. Précisa Amir. Mon père me l'a dit hier.

- Tu l'as eu ? Le coupa Zoé. Alors il t'a confirmé les dires de Nanny ?

Amir hocha la tête avec un grand sérieux.

- Oui, et il est heureux de cette aventure. Il brûle de te connaître et vous aussi, dit-il en regardant ses amis. Il aurait aimé vivre un tel moment. Tu vois Zoé du coup je me sens dans l'obligation de réussir. J'aimerais tellement lui faire plaisir, qu'il soit fier de moi. C'est vrai que c'est unique et un grand privilège que de t'avoir rencontrée.

Zoé toussota, émue de ce compliment.

- Oui et bien pour l'instant on n'a rien, et si on ne trouve pas, nous serons d'illustres inconnus comme tous ceux qui nous ont précédés.

Amir mit sa main sur son épaule.

- Tout le monde pense que tu es l'élue, la seule, l'unique et moi aussi. Nous t'aiderons du mieux que nous pourrons. Tu verras, on réussira Zoé KILHOURZ. J'en suis persuadé. Nous n'avons pas le droit d'échouer.

Zoé ne put s'empêcher de soupirer en pinçant ses lèvres. Elle s'était attachée à GRIMA. Tous les soirs il se couchait à ses côtés, posait une patte sur son bras. Puis il s'installait sur sa poitrine et dormait pendant qu'elle lisait. Il lui était devenu indispensable, son meilleur ami.

Imaginer vivre sans lui était si cruel, qu'elle sentit un sanglot énorme lui obstruer la gorge. Elle prit une grande respiration, non elle n'échouerait pas, Amir avait raison.

- Bon ! Si on a tout. On va s'installer place Morgan à la terrasse d'un café pour compiler nos notes. Voir si quelque chose peut nous aider, précisa-t-elle avec détermination.

Installés tranquillement, devant une boisson fraîche, ils commencèrent par comparer leurs fiches. Sophie soupira de désespoir.

- Nous n'arriverons à rien. Tout ce qu'on a appris, c'est l'histoire classique de sa vie. Son enfance, ses études, son métier, sa passion des étoiles, mais rien de plus.

Zoé mâchouilla sa paille en réfléchissant.

- C'est vrai, nous connaissons les grandes lignes de la vie de NOSTRADAMUS, mais ce qui nous intéresse c'est ce que nous ne voyons pas, l'histoire dans l'histoire. Bon continuons, de toute façon nous avions prévu aujourd'hui d'en découvrir un peu plus sur le personnage.

- Alors allons voir son tombeau, précisa Nicolas. Il va falloir marcher un peu. Passons par la fontaine Moussue, tu verras Zoé elle est magnifique. Il faut se rendre ensuite à l'église Saint-Laurent, plus précisément à la chapelle Notre Dame.

Lorsqu'ils arrivèrent sur une petite place, Zoé et Amir qui ne connaissaient pas ne purent retenir une exclamation. Cette fontaine ressemblait à un gros champignon vert. On pouvait sentir la fraîcheur émanée d'elle.

- Ouais ! On dirait un champignon psychédélique, pouffa Mathieu en la regardant. À mon avis celui qui l'a créée prenait sûrement un peu trop de drogues.

Ils éclatèrent de rire en regardant ce gros champignon vert. Zoé trempa sa main dans l'eau fraîche. Des carpes y nageaient, quel endroit reposant. Elle se promit d'y revenir avec ses amis pour s'asseoir à la terrasse d'un café.

Nicolas les entraîna dans des petites rues, bordées d'arbres et de balconnières garnies de fleurs. Zoé adorait cette ville si accueillante.

Ils arrivèrent devant la magnifique église Saint-Laurent. Amir s'arrêta sur le parvis.

- Que fais-tu Amir ? Demanda surprise Zoé.

- Je vais vous attendre là, répondit-il en s'asseyant sur les marches.

- Quoi ! Mais pourquoi ? Oh ! Tu n'as pas le droit de rentrer à cause de ta religion ?

- Non ! Ce n'est pas un problème. Ce n'est pas interdit pour moi d'entrer dans une église, mais je ne voudrais pas inquiéter le prêtre.

- Eh ça ne va pas ! Tu viens avec nous. Le moindre détail compte tu te souviens ce n'est pas le moment de se reposer. Zoé le tira par le bras.

La fraîcheur des lieux leur tira un soupir de bonheur. La solennité des lieux leur imposa le silence. Ils firent le tour, attentifs à ce qu'ils découvraient. Le gardien les salua avec un grand sourire, mais les surveilla de près. Ils découvrirent la petite chapelle Notre-Dame. Une petite barrière blanche les séparait de la tombe.

- Vous pouvez aller voir de plus près, leur précisa le gardien gentiment en ouvrant le petit portail.

Zoé le remercia d'un grand sourire. Ils étaient devant la tombe de cet illustre personnage. Elle s'approcha pour lire les inscriptions. Elles étaient en latin.

Nicolas sortit son téléphone.

- Qu'est-ce que tu fais ? Lui chuchota Zoé, je ne crois pas qu'on puisse prendre des photos.

- Non c'était juste pour traduire la phrase.

- Quoi ? Tu crois que ton Google traducteur peur faire ça ? Murmura Sophie.

- Attendez les jeunes intervint le gardien je vais vous dire ce que cela signifie. « Ici se trouve après bien des tribulations, les quelques restes du fameux astrophile Michel de NOSTREDAME, dit NOSTRADAMUS.

- Comment ça les restes ? Le coupa Mathieu, vous voulez dire qu'il est en pièces détachées, comme un puzzle ?

- Oui, sa sépulture fut pillée, il fut déplacé. Une partie seulement de ses ossements fut récupérée. Au départ, il avait été inhumé dans la chapelle du couvent des Cordeliers.

- Waouh ! S'écria Mathieu, encore un mystère.

Zoé se mit à réfléchir à toute vitesse, elle regarda autour d'elle avec attention. Elle savait qu'elle n'en apprendrait pas plus ici. Ils ressortirent un peu déçus.

- Pff ! On n'est venu pour rien, précisa Mathieu. Bon ! Au moins on sait qu'on ne devra pas démonter cette église pour trouver son testament.

Les autres pouffèrent de rire. Zoé leva la tête le jour commençait à décliner.

- On va rentrer, il se fait tard, précisa-t-elle, mais nous devrons nous réunir le plus rapidement possible pour savoir dans quelles directions nous devons mener notre enquête. Nous allons mettre un peu le turbo sur nos recherches.

- Comment ça ? Demanda intrigué Amir.

- On va utiliser une arme redoutable en notre possession.

- Une arme dis-tu ? Mais laquelle ? Insista-t-il en la fixant avec attention.

- Internet ! Nous avons appris aujourd'hui l'essentiel, mais ce qui nous intéresse c'est de creuser l'histoire. Nos prédécesseurs n'avaient sûrement pas accès à la nouvelle technologie.

- Et tu crois qu'on trouvera tout sur internet ? Demanda Sophie.

- Oui, j'en suis persuadée, si j'ai compris une chose c'est que beaucoup de gens ont écrit sur NOSTRADAMUS. À nous de chercher les bonnes informations de les recouper, avec l'ordinateur c'est beaucoup plus rapide. Ce soir avec Nicolas nous définirons les grands axes pour nos recherches.

- Pourquoi avec Nico ? S'écria Sophie d'une voix jalouse.

Zoé prit conscience de la réaction de Sophie, elle essaya de la rassurer.

- Nous habitons dans la même maison, c'est plus simple pour travailler, pour gagner du temps.

Mais le regard acéré de Sophie n'échappa pas à Nicolas.

- Elle a raison, c'est plus commode et si nous finissons plus vite, je pourrais ainsi m'occuper exclusivement de toi ensuite, dit-il en l'embrassant sur la tempe.

Sophie rouspéta bien un peu, comme à son habitude. Zoé venait de comprendre qu'elle allait devoir faire attention pour ne pas créer de tensions dans leur groupe.

Cette nuit-là, son sommeil fut très agité. Le regard du chat la fixa s'approchant de plus en plus près comme à chaque fois. Elle vit d'abord la canne de Nanny, et ne put s'empêcher de sourire, rassurée par cette image. Le bruit de l'eau qui coulait attira son attention. Elle remarqua alors, quatre dauphins sculptés.

Zoé perçut des bruits de voix, en se retournant, elle vit des hommes enduire une bouteille d'une mixture blanche. Un jeune garçon d'environ quinze ans observait la scène, il jouait avec des pierres qu'il tenait dans sa main. Elle fronça les sourcils, qui était-il ? De quoi s'agissait-il ? Puis elle aperçut une jeune fille du même âge, qui écoutait attentivement un homme âgé vêtu de noir qui lui tendit une bourse qui semblait lourde, et un objet qu'elle ne put identifier. Soudainement, elle s'en détourna et s'en alla. Qu'est-ce que cela signifiait ? Que se passait-il ?

C'était une succession de scènes auxquelles elle assistait, y avait-il un lien ? Dans son rêve elle se déplaçait, longeait un vieux mur, dont les colonnes d'un portail étaient surmontées de deux têtes d'aigles noirs, magnifiquement sculptées.

Elle s'avança alors vers la maison, dont elle poussa la porte. Zoé monta un grand escalier, les lieux lui semblaient familiers. Au fond du couloir se trouvait une petite pièce servant de débarras, elle y découvrit une cheminée en pierre. Zoé passa sa main sur l'une d'elle qui était marquée d'un cercle avec huit rayons brisés.

Un bruit la fit se retourner, un cadavre debout, bras tendu se tenait devant elle et une voix lui criait *ultima arbitrium meum.* Zoé se réveilla le cœur battant en poussant un cri. GRIMA vint se frotter contre elle pour la rassurer.

- De mieux en mieux, maintenant tu m'envoies des cadavres, j'ai cru mourir de peur, ce ne sont plus des rêves, mais des cauchemars, gémit-elle en prenant sa tête entre ses mains tremblantes. Oh ! GRIMA et si je n'y arrive pas, je n'ai pas envie de te perdre.

GRIMA, s'approcha mit ses deux pattes sur sa poitrine et lui mordilla gentiment le nez.

- Beurk ! En plus tu as une haleine fétide, dit en riant Zoé. Bon je m'occupe de toi, ensuite je marquerai tout ce que j'ai rêvé avant d'oublier, mais il faut que je me dépêche, j'ai cours aujourd'hui, dit-elle en sautant du lit.

CHAPITRE 7

Ce matin-là, Zoé se sentait fatiguée cela faisait plusieurs semaines maintenant qu'elle faisait le même rêve et se réveillait le cœur battant devant ce cadavre qui la menaçait de son index. Les images devenaient de plus en plus précises.

Elle était attablée sur un bureau la tête dans ses mains, ils avaient aujourd'hui un travail de groupe à effectuer.

- Eh ! Zoé qu'est-ce qui ne va pas ? Dit Amir en mettant sa main sur son épaule, avant de prendre place à ses côtés.

- Je crois que j'ai le rêve complet, il faudra qu'on se réunisse avec Nanny pour l'étudier attentivement, mais je…

Marc MEYER venait d'arriver, il jeta son sac sur le bureau et s'installa à leurs côtés en les regardant méchamment.

- Ok ! J'ai compris je ne suis pas le bienvenu.

- Non, non ! Ce n'est pas ça, répliqua Zoé avec un sourire sur les lèvres.

- Tu me prends pour un idiot. Chaque fois que je rapplique, vous vous taisez comme si j'étais un paria, toi et ton groupe me faites bien sentir, que je suis à part. Mais franchement je n'ai rien fait de mal, j'ai juste raconté la vérité et tu le sais. Tout l'IUT me regarde de travers, alors que c'est toi, la fille bizarre. Tu crois que c'est facile pour moi, je ne connais personne ici.

Il se leva en bougonnant pour s'asseoir une table plus loin. Zoé regarda Amir avec insistance, elle soupira et décida de rejoindre Marc.

- Je suis désolée si on t'a donné cette impression, allez viens ! Tu fais partie de notre équipe, mais parfois on se raconte des trucs personnels, ce qui ne veut pas dire qu'on ne t'aime pas. Je suis désolée si tu as le sentiment d'être mis à l'écart. Je ne te reproche rien.

Elle grimaça.

- Bon d'accord ! Peut-être juste un petit truc. Tu n'aurais pas dû en parler devant tout le monde à l'amphithéâtre, tu aurais pu nous causer de graves ennuis. D'autant plus qu'on n'en faisait pas un secret, toi aussi tu savais pour le rêve, tu aurais pu réviser cette partie plus attentivement.

Marc secoua la tête, puis se saisit de son sac pour retourner à leur table. Zoé soupira. C'est vrai qu'elle avait un super groupe d'amis, mais elle devait être vigilante, ne surtout pas attirer la curiosité ou la malveillance sur eux. Ils devaient se montrer plus discrets à l'avenir.

La matinée passa doucement, heureusement ils étaient libres tout l'après-midi. Ils décidèrent donc de retourner au Mas, afin de décrire le rêve à Nanny.

Celle-ci leur demanda un petit délai, précisant que la réunion se tiendrait à quinze heures, dans le grand salon. Ce qui étonna Zoé.

Elle profita donc de ce répit pour imprimer des cartes avec chacune, un élément de son rêve. La canne de Nanny, le bruit de l'eau, les quatre dauphins la bouteille enduite de la mixture blanche, les aigles noirs, le cercle avec les rayons brisés et le cadavre criant *ultima arbitrium meum.* En ce qui concerne les personnages, Zoé préféra les mettre de côté, c'était trop difficile de les identifier pour l'instant. Et avaient-ils de l'importance ? Il était beaucoup trop tôt pour le savoir.

Lorsqu'ils arrivèrent dans le grand salon, Nanny se trouvait déjà entourée d'un groupe de personnes, parmi eux Zoé reconnut l'inspecteur CHABAUD. Mathieu lui pinça le bras en l'apercevant.

- Mais qu'est-ce que cela signifie Nanny demanda interloqué Nicolas ?

Nanny s'approcha en souriant pour Les rassurer.

- Je vous présente tous les gardiens résidant sur Salon de Provence et ses alentours. Tout le monde avait hâte de te rencontrer et de t'entendre Zoé.

- Moi ? Mais Pourquoi ? murmura-t-elle surprise.

- Elle a encore un peu de mal à accepter cette situation précisa Nanny souriante en se tournant vers ces inconnus.

Tout le monde s'approcha en se présentant, il y avait des architectes, des médecins des employés de mairie, l'inspecteur CHABAUD, des professeurs. Zoé échangea un regard avec ses amis, elle n'en revenait pas. Toutes les classes sociales étaient représentées.

Mathieu s'avança vers l'inspecteur.

- Vous aussi ? Mais je ne comprends pas, vous nous regardiez comme si nous étions des fous échappés d'un asile.

Tout le monde se mit à rire. Celui-ci prit la parole.

- J'étais fasciné, vous n'imaginez même pas à quel point. Pouvoir rencontrer Le GRIMALKIN, son messager et ses gardiens, c'est unique. Je voulais voir si vous étiez vraiment à la hauteur.

Zoé se tourna alors vers Nanny.

- Toutes ces personnes sont-elles là pour nous aider ?

- C'est votre mission. Notre rôle est d'être juste des observateurs. D'habitude nous étudions les centuries leurs implications. Mais ceci, dit-elle en tendant les mains vers le groupe, c'est fabuleux ! Nous assistons en direct au futur des visions, c'est fantastique.

L'inspecteur CHABAUD s'avança d'un pas et prit la parole.

- Des générations de gardiens se sont succédées dans l'attente d'un tel moment, pouvoir rencontrer l'héritier ou du moins l'héritière spirituelle de NOSTRADAMUS, c'est pour nous un immense honneur. Comme vient de le dire notre amie Claire, nous serons là pour vous épauler, si vous avez besoin d'aide. Mais ceci est votre quête, nous devons intervenir le moins possible, juste observer. Cette mission est la vôtre. Alors nous n'assisterons qu'à cette première réunion. Pour les prochaines rencontres, il n'y aura que vous et Claire ou Nanny comme vous semblez l'appeler, dit-il en regardant celle-ci.

Nanny se mit à rougir, ce qui fit rire Zoé et ses amis. L'inspecteur reprit la parole.

- C'est elle, qui sera notre observateur, elle nous fera part de l'avancée de votre enquête. Mais je vous en prie, montrez-nous vos découvertes, nous avons hâte d'en savoir plus.

Zoé prit une grande respiration, elle posa les cartes au centre de la table, expliquant qu'elle avait laissé les personnages de côté, préférant se concentrer sur les objets. Chacun des membres du groupe les étudia silencieusement, mais Nanny poussa un cri en mettant son doigt sur l'une d'entre elles.

- Oh ! Son testament ! Voilà ta mission Zoé, le rêve semble complet. Tu dois maintenant retrouver son testament. Tu te rends comptes de ce que cela signifie ?

Un brouhaha se fit entendre.

Zoé et ses amis étaient ébahis, elle secoua la tête surprise.

- Si tu le retrouves tu seras officiellement reconnue comme sa fille spirituelle, celle qui lui succède. Une légende qui circule chez les gardiens, raconte que presque cinq cent ans après NOSTRADAMUS, viendra un messager plus puissant et plus grand, aux pouvoirs incroyables.

Nanny se leva fit le tour de la table et prit les mains de Zoé dans les siennes.

- Oh ! Zoé si tu le retrouves tu confirmeras ce que je ressens depuis le premier jour de notre rencontre, que tu es l'élue, la grande messagère. Celle qui permettra de protéger notre avenir, en préservant la paix, en évitant que le monde ne fasse les mauvais choix.

Zoé resta bouche bée.

- Mais c'est impossible, Nanny, je suis quelqu'un de simple, je n'ai pas de tels pouvoirs.

Les autres la regardaient silencieusement.

- C'est ta rencontre avec Le GRIMALKIN qui va faire de toi cette personne unique, comme NOSTRADAMUS. Mais attention, Zoé qui dit grands pouvoirs, dit aussi grandes responsabilités. Nous avons vu par le passé que de mauvaises prédictions pouvaient entraîner le monde vers le chaos. Tu devras être patiente, apprendre à comprendre ce que tu vois, ne pas te précipiter, cela demandera des années avant d'être un parfait messager.

Nanny poussa un long soupir.

- Il faudra éviter que des personnes mal intentionnées ne donnent une signification différente à tes visions, pour servir leurs intérêts. Mais d'abord, découvrons ce fameux testament, dit-elle en se penchant vers les cartes.

- C'est parfait s'écria Mathieu, il y a six éléments, car on peut oublier la canne on en connaît la signification, et nous sommes cinq. Je ne vous compte pas Nanny car nous allons effectuer nos recherches sur internet, je sais que ce n'est pas votre truc.

Tout le monde se mit à rire. Mathieu continua.

- Vous nous aiderez à faire le point, si vous le voulez bien. Tout le groupe derrière Nanny hocha la tête silencieusement

- Donc nous allons chacun, prendre une carte et essayer de comprendre sa signification. Qu'en pensez-vous ? Nous nous focaliserons sur les objets, difficile de comprendre pour l'instant la présence du jeune garçon et de la jeune fille, tu as raison Zoé reprit Mathieu.

- Moi je ne veux pas m'occuper du cadavre, précisa promptement Sophie, et puis je veux rester avec Nico.

- Pas de soucis, ma puce, dit celui-ci en mettant sa main sur la cuisse de Sophie, nous prendrons deux cartes et nous travaillerons ensemble. Que dis-tu de l'aigle et de la roue ? Amir tu pourrais voir ce que signifie l'eau et les dauphins cela va bien ensemble. Mathieu on va te laisser le cadavre. Quant à la carte écrite en latin on sait que c'est la mission.

- Cool ! Je vais avoir HALLOWEEN avant l'heure. Murmura Mathieu en se frottant les mains.

- Bein ! Et moi ! S'écria Zoé perplexe d'avoir été oubliée.

- Il te reste la bouteille avec cette mixture. Mais surtout, tu devras étudier NOSTRADAMUS, mais pas ce qu'on a vu au musée, non ! Plutôt le croustillant de sa vie. Ainsi, si un détail nous a échappé, tu pourras voir le lien. Nous n'avons pas le droit à l'erreur, il faut être méticuleux ne rien négliger, précisa Mathieu.

Nanny approuva de la tête.

- Je crois qu'il a raison, ainsi c'est parfait, nous ne négligeons aucun détail c'est important, il faut retrouver le fil conducteur entre eux. Allez au travail les enfants ! Dit-elle dans un grand éclat de rire.

Les gardiens présents, les félicitèrent pour leur approche novatrice dans cette enquête, ils leur souhaitèrent bonne chance. Chacun repartit avec ses cartes.

Les jours suivants ils eurent tant de travail qu'ils ne purent se pencher sur leurs recherches. Ils durent attendre le week-end suivant.

Zoé avait attendu ce moment avec impatience. Elle s'installa sur le canapé, avec GRIMA à ses côtés.

- Tu ne pourrais pas m'aider un peu plus ? Me dire exactement à quoi sert cette bouteille et pourquoi l'enduire du truc blanc ? Demanda-t-elle d'un air implorant à GRIMA. Celui-ci roula sur le dos offrant son ventre aux caresses.

- C'est fou, mais quand je te vois ainsi je me dis que tu es tout simplement banal, comme tous les autres chats.

Zoé soupira longuement.

- Pourtant Nanny, a l'air de croire que c'est grâce à toi que le monde reste sur le bon axe, que tu corriges les dérives des humains. Tu serais un distributeur de bonheur mon bébé, dit-elle en riant. Bon ! Je reconnais que depuis que je te connais tu me fais sourire, je suis heureuse, j'ai des amis, un beau studio, ma vie est fascinante. Oui, tu distribues le bonheur. Mais aussi les problèmes, dit-elle en pouffant de rire.

Zoé fronça les sourcils en le caressant.

- Mais Nanny a dit un jour que celui qui te trahira en supportera les conséquences, que voulait-elle dire ?

Tout à coup GRIMA se redressa et d'un bond, saisit un lézard qui passait devant la porte. Il déposa le cadavre devant les pieds de Zoé qui resta figée de stupeur.

- Non ! Tu ne veux pas dire que… C'est le sort que tu leur réserves ? Zoé pouffa de rire, je suis folle ! Voilà que je parle à un chat et que j'attends des réponses. Eh ! Gros cochon, voilà que maintenant je dois ramasser ton cadavre, tu parles d'un cadeau, dit-elle en riant de plus belle, tout en le ramassant avec une petite pelle.

Zoé s'installa plus confortablement sur son canapé, avec son ordinateur portable. Elle commença ses recherches en lisant toute la biographie de NOSTRADAMUS.

- Waouh ! Dit-elle en baillant et en étirant ses bras au-dessus de sa tête, cet homme a eu une vie très riche. Tu te rends-comptes, il était reçu par Catherine de MÉDICIS. GRIMA se rapprocha d'elle et s'installa juste devant son clavier.

- Eh ! Je fais comment maintenant moi pour travailler ? Bon ! J'ai pris des notes on verra avec les autres. Le plus dur sera de trouver cette mixture qu'est-ce que cela peut bien être ? D'abord comment la décrire ? C'est plutôt blanchâtre, collant puisque cela reste sur la bouteille et pourquoi l'enduire ?

Elle tapota son menton avec son stylo.

- Peut-être pour la solidifier ? Qu'a-t-il mis dans cette bouteille, tu crois… elle regarda GRIMA avec attention, tu crois que cette bouteille pourrait renfermer son testament ? Oh bon sang ! Donc c'est pour la protéger, mais de quoi ? Pourquoi mettre sur une bouteille fermée.

Elle tapa dans ses mains.

- Oh ! Je sais, sûrement un truc pour imperméabiliser le bouchon. On va chercher dans cette direction. Elle se mit de nouveau à pianoter furieusement sur son clavier.

Tout à coup, Zoé fit un bond du canapé en effectuant un petit pas de danse, GRIMA la regardait en miaulant, mécontent d'avoir été réveillé.

- J'ai trouvé GRIMA c'était de la Poix blanche, très utilisée à cette époque pour… imperméabiliser, j'avais raison. Mais, il l'avait déjà mis dans une bouteille, cela veut donc dire… qu'il voulait absolument le protéger, c'était donc précieux. Sûrement son testament dit en souriant Zoé. Donc j'ai trouvé le premier indice, attendons de voir ce que les autres ont découvert, j'ai hâte de savoir GRIMA.

Elle marcha de long en large le long du canapé.

- Où voulait-il mettre cette bouteille, pour avoir besoin de l'imperméabiliser ? Elle soupira, chaque fois que j'approche du mystère, cela apporte une autre question.

Grima vint se frotter conte ses jambes.

- Tu as raison pas de panique, c'est déjà super, si les autres ont eu autant de chance, nous avancerons très vite. On est les meilleurs GRIMA dit-elle en le prenant dans ses bras.

Le lundi matin en cours Zoé fit part de sa découverte à Amir qui venait d'arriver. Celui-ci en fut très heureux, enfin leur enquête avançait. Marc s'installa juste à ses côtés, elle lui sourit, espérant que leurs rapports seraient plus harmonieux. Les autres arrivèrent, ils brûlaient de raconter leurs découvertes, mais la présence de Marc les en empêchait, celui-ci soupira en voyant les échanges de regards.

- C'est bon ! Vous me saoulez avec tous vos secrets, dit-il en ronchonnant.

Ce fut à ce moment-là qu'on entendit la voix de monsieur LAMANON.

- Monsieur MEYER auriez-vous encore quelque chose à nous dire ?

Celui-ci secoua la tête en râlant de nouveau.

Zoé relâcha l'air dans ses poumons, ce n'était pas le moment d'attirer l'attention sur eux. Monsieur LAMANON remit les notes des groupes, la leur était excellente ce qui amena enfin un sourire sur le visage de Marc. Ils formaient un groupe très doué. Leur professeur tapota doucement l'épaule d'Amir.

- Bravo jeune homme, vous vous intégrez parfaitement, vos parents doivent être satisfaits, puis il s'éloigna doucement.

- Et nous, il n'en a rien à faire, murmura Mathieu. Au fait Amir, Nanny a parlé de tes origines, tu viens d'un émirat ? Le Qua…

Amir soupira.

- Effectivement, mais pas celui-là, à croire que vous ne connaissez que lui. Mon père est émir, mais je ne suis pas l'ainé juste le second fils, c'est mon frère qui règnera après mon père.

- Et toi ? Ne put s'empêcher de demander Zoé.

Amir la fixa un long moment silencieusement, il avait un regard si sombre qu'on ne distinguait pas la pupille, ses cheveux coupés très courts, lui donnaient un air sérieux.

 - Moi mon rôle sera d'aider mon frère, de le soutenir, de le conseiller. Jusqu'à maintenant j'avais toujours eu l'impression que mon père préférait mon frère, cela me rendait jaloux, dit-il en soupirant tristement. Mais depuis quelque temps j'ai compris que mon père se sentait plus proche de moi. Tu sais Zoé, dit-il avec un doux sourire. Il n'arrête pas de me demander des nouvelles, il aimerait tant être à ma place. Je vis son rêve, et tout ça grâce à toi. Toute cette histoire nous rapproche.

Ils échangèrent un long regard de connivence. Tout le groupe était impressionné par les révélations sur ses origines même Marc, ce qui fit sourire Zoé.

Elle était heureuse, Amir était quelqu'un de secret, discret, et depuis quelque temps il s'ouvrait plus aux autres, on le sentait plus joyeux. Dans le fond, cette quête le libérait du poids des traditions. Comme elle, il avait enfin trouvé sa place. La matinée s'écoula paisiblement.

Après les cours ils décidèrent de se retrouver au Mas, ils avaient tant à se raconter, chacun ayant hâte de découvrir ce que l'autre avait trouvé. Ce jeu d'énigmes les passionnait.

CHAPITRE 8

Ils se retrouvèrent donc autour d'une table dans le salon de Nanny.

- Alors les enfants, intervint Nanny en tapotant le sol avec sa canne, je vois que vous avez tous des notes devant vous. Je suppose donc que vous avez bien avancé dans votre quête, j'ai hâte d'en savoir un peu plus.

Mathieu s'empressa de lever le bras comme à l'école, ce qui fit rire tout le monde.

- Vous allez halluciner ! J'ai découvert des trucs incroyables sur lui. D'abord, il avait prédit les deux endroits de sa sépulture.

Il regarda les mines effarées de ses amis.

- Je suis sérieux les gars, insista-t-il en regardant Nicolas et Amir. Le plus délirant c'est qu'il fut enterré debout. Vous vous rendez compte ? Sa première sépulture était dans la chapelle du couvent des Cordeliers. On prétend qu'il avait mis une petite plaque sur lui pour prévenir que celui qui profanerait sa tombe serait maudit, ça fait peur non ?

Tout le monde se regarda, mais où allait donc les mener cette enquête ? Mathieu reprit.

- Ensuite il y a une légende qui raconte qu'on l'aurait enterré vivant avec un bureau, un encrier et surtout… Un trésor. Vous croyez qu'il aurait pu y mettre aussi son testament ?

Tous les autres écoutaient avec attention. Mathieu continua son récit captivant.

- En mille sept cent quatre-vingt-onze, sa tombe fut pillée. Certains pensaient y trouver des trésors, c'est là, que ses ossements furent disséminés.

On prétend même qu'un marseillais qui avait participé à ce saccage, s'amusa à boire dans son crâne, c'est plutôt glauque vous ne trouvez pas ?

Mathieu secoua la tête d'un air dégoûté.

- Beurk ! Quand je pense que ma mère me répète toujours que nous ne sommes qu'une génération de sauvages, dit-il en riant. Elle va halluciner en apprenant cela, elle n'en reviendra pas.

Tout le monde fit une moue écœurée autour de la table, en imaginant la scène.

- Mais le plus flippant, c'est que ce gars, mourut fusillé quelques jours plus tard, car il fut accusé de vol. On a prétendu que c'était la vengeance de NOSTRADAMUS, plutôt étrange, vous ne trouvez pas ?

Mathieu dévisagea chacun de ses amis.

- Ah ! En ce qui concerne les ossements, c'est le maire de Salon de Provence de l'époque, qui les rechercha pour les enterrer dans la chapelle Notre-Dame, de l'église Saint-Laurent. Voilà, c'est tout ce que j'ai pu trouver pas mal non ?

- Pourquoi s'être fait enterrer debout la première fois ? Je ne comprends pas ? Demanda Amir étonné.

- D'après ce que j'ai compris reprit Mathieu, il s'était fâché avec beaucoup de personnes de Salon de Provence. Il avait peur, qu'ils viennent essuyer leurs sabots sur sa tombe.

Cette réponse fit beaucoup rire le groupe, quel personnage fascinant.

- Donc on sait une chose importante, la malédiction existe bien, reprit Sophie sérieusement, puisque tu dis que ceux qui ont profané sa tombe, ont connu un sort funeste.

Tout le monde se regarda, prenant conscience de cette vérité. Zoé commença à tapoter du doigt sur la table.

- À quoi penses-tu ? Demanda Nanny en la regardant avec attention.

- Je réfléchissais. Si vraiment NOSTRADAMUS avait envisagé dans une vision ces deux endroits pour sa sépulture, c'est qu'il savait que son tombeau serait pillé. La preuve, cette menace pour ceux qui s'y risqueraient. Donc logiquement, on peut exclure le fait qu'il ait mis notre testament dans son tombeau, car l'endroit n'était pas sûr, et il le savait.

- Oui tu as raison s'exclama Nicolas, c'est une bonne déduction. Donc tout ce qui concerne sa tombe peut être mis de côté pour l'instant. Avec Sophie nous avons découvert des choses intéressantes hein ma puce ? Dit-il en se tournant vers elle.

- Oh ! Oui c'est hallucinant ! Accrochez-vous bien ! Le blason de NOSTRADAMUS comprend deux aigles dont la tête est noire, et une roue brisée à huit rayons, précisa Sophie en posant sur la table une photo le représentant.

- Oh ! Mon fameux cercle, murmura Zoé surprise.

- Et ce n'est que le début ! Tout semblerait nous ramener à la KABBALE et aux… Templiers, c'est fou non !

- Comment ça les templiers ? Demanda Mathieu en fronçant les sourcils et c'est quoi la KABBALE ?

- Pour faire simple précisa Nicolas, c'est une loi secrète et orale donnée par Dieu à Moïse sur le mont SINAÏ. C'est la tradition du Judaïsme.

- Waouh ! Mais quel rapport avec NOSTRADAMUS ? Demanda Amir.

Sophie pointa son index vers lui toute fière.

- Il était juif, beaucoup de familles juives se sont converties de force au catholicisme au moyen âge, comme NOSTRADAMUS. Car ce n'est pas son vrai nom. Mais revenons à notre blason, les deux têtes d'aigles sont un symbole important, une marque de pouvoir, portée uniquement par un grand maitre, étonnant non ?

Nicolas hocha la tête emporté par l'enthousiasme des découvertes.

- Et ce n'est pas tout ! La roue symboliserait le soleil et la lune, donc le temps, bien trouvé pour NOSTRADAMUS. Le plus étrange, c'est qu'on retrouverait cette roue brisée sur la place Saint Pierre à ROME et encore plus étrange, dans un tableau de CARAVAGE. Maintenant intéressons-nous à son nom, NOSTRA-DAMUS, cela ferait peut-être allusion à l'ordre de NOTRE-DAME. Au XII siècle, c'était… Devinez ! L'ordre secret, du prieuré de SION. Totalement fou non !

- Quoi ? Comme dans le film DA VINCI CODE ? Ils existeraient vraiment ? S'écria Mathieu fasciné.

- Oh ! Je trouve que cela devient plutôt flippant, précisa Zoé, un peu effrayée par ces révélations.

Sophie continua son récit, en pointant du doigt la roue sur la photo.

- Les rayons de la roue pourraient aussi faire penser à la rouelle portée par les juifs au moyen âge, une étoile à huit raies, un rappel de ses origines. Mais nous avons également découvert que la roue pouvait symboliser les meuniers et NOSTRADAMUS venait d'une famille de meuniers. Toutefois, la roue nous amène aussi à l'étoile de Saint-Jacques de COMPOSTELLE, car c'était le lieu de pèlerinage favori des alchimistes.

- C'est complètement fou ! Tout ça dans un blason, murmura Zoé stupéfaite.

- Oui mais pas n'importe lequel, celui de NOSTRADAMUS, un personnage secret et fascinant, tellement mystérieux. Ah ! Et en ce qui concerne l'aigle on a découvert aussi, que c'était l'oiseau de JUPITER maître du signe de naissance de NOSTRADAMUS.

Sophie posa ses deux mains bien à plat sur la table, toute fière de sa découverte.

- Mais, si on y regarde de plus près c'est l'anagramme « d'agile » la qualité que l'on attribuait au messager le plus puissant des Dieux, MERCURE. Il y a aussi sur son blason SOLI DEO qui signifie DIEU SEUL. Voilà c'est tout ce qu'on a trouvé, pas mal non ?

Mathieu siffla entre ses lèvres.

- Mais comment on va pouvoir trouver le testament ? Ce gars c'était une énigme à lui tout seul.

Zoé secoua la tête, bien déterminée à aller au bout de cette quête, même si elle devait affronter des ordres secrets. Tout en pensant cela, Zoé déglutit avec peine, serait-elle de taille ? N'allait-elle pas au-devant de méga-problèmes. Mais un seul regard à GRIMA suffit pour lui redonner confiance. Elle ne devait surtout pas oublier qu'il s'agissait d'internet chaque détail devrait être revérifié.

- J'y pense dit-elle, l'anagramme d'aigle pourrait prouver que NOSTRADAMUS avouait bien être le messager, une façon de reconnaître sa fonction. Ce gars ne parlait que par énigme. Bon ! Donc les aigles et la roue symbolisent son blason.

Ils se dévisagèrent tous, en reconnaissant la justesse de cette déduction. Zoé reprit la parole.

- Bon et toi Amir, qu'as-tu trouvé ? Dis-moi que c'est moins périlleux et étrange.

- Je crois que oui, dit-il avec un sourire tendre. Pas de Templiers ou de KABBALE.

Tout le monde se mit à rire, ils se sentaient soulagés.

- J'ai appris que l'eau était un trésor précieux à cette époque. NOSTRADAMUS aurait même payé une partie des travaux à Adam de CRAPONNE son ami, pour faire venir l'eau jusqu'à SALON de PROVENCE. Énormément de fontaines furent donc construites à ce moment-là. Ce qui pourrait expliquer le bruit de l'eau qui coule, que tu entends dans ton rêve et les dauphins, sont peut-être des sculptures.

Zoé recommença à tapoter du doigt la table. Ce qui fit soupirer Nanny.

- Si tu nous disais ce à quoi tu penses ?

- Hum ! Je réfléchissais, l'autre jour j'ai aperçu la statue de CRAPONNE sur une petite place. Amir dit que les deux hommes étaient amis. Que l'eau était un trésor. Donc NOSTRADAMUS savait que personne n'oserait détruire une fontaine. J'ai trouvé que la mixture servait à imperméabiliser, alors je me demandais… s'il aurait pu cacher son testament dans une fontaine ?

Il y eut un brouhaha de joie autour de la table. Nanny tapa avec sa canne sur le sol.

- Bravo les jeunes et quel esprit de déduction Zoé. Vous savez vous m'épatez tous. Je ne savais pas qu'on pouvait trouver autant d'informations sur internet, je n'en reviens pas, et toutes ces découvertes je suis surprise, stupéfaite même. En tant que membre du *Scientia Protectores Eius* nous nous intéressons aux prémonitions nous n'avions pas connaissance de tout ça, c'est incroyable. Bien sûr dans nos archives, il existe ce lien avec ces ordres anciens. Je pense que c'est normal, toutes les élites, tous ceux qui étaient intéressés par le mystique, le savoir, le mystérieux, forcément se croisaient un jour ou l'autre.

- Merci Nanny, dit Zoé en souriant c'est vrai, vous avez tous fait un travail fabuleux. Maintenant nous avons une piste concrète il faut retrouver une fontaine avec des dauphins, quatre en l'occurrence, alors par où commencer ?

- Peut-être la bibliothèque ? Ou les passionnés du passé de Salon de Provence ? Son musée, sa mairie par exemple ? suggéra Nicolas.

- Bonne idée nous irons ensemble, dès que nous aurons un moment de libre.

Ils se séparèrent tous très heureux de leurs découvertes. Zoé eut beaucoup de mal à dormir cette nuit-là, un rêve étrange l'avait perturbée.

Le lendemain matin au petit déjeuner elle resta muette, pensive. Seul Nicolas volubile ne cessait de jacasser. Il adorait mener cette enquête et son plaisir se voyait sur son visage. Il se leva brusquement embrassa sa grand-mère sur la joue.

- À plus Zoé, je file chercher Sophie pour l'emmener à l'IUT.

Nanny observa avec attention les traits tirés de Zoé.

- Bon alors, si tu me racontais ce qui te tracasse ?

Zoé soupira longuement.

- Ce n'est rien Nanny, juste une mauvaise nuit.

- Taratata ! Cela doit être important pour que tu n'en parles pas devant Nicolas. Alors je t'écoute.

Zoé se mordilla les lèvres, elle ne savait quel crédit accorder à ce rêve étrange et cela la perturbait, elle aimait ses amis et le doute s'insinuait en elle.

- En plus du rêve habituel, j'en ai fait un autre.

- Lequel ! La coupa Nanny.

- Une mise en garde. Si on compte bien, il y a cinq gardiens, vous Nanny, Nicolas, Mathieu, Sophie et Amir, plus moi la messagère. Ce rêve m'informait qu'un des gardiens trahirait GRIMA.

- Oh ! Non ce n'est pas possible ! S'écria stupéfaite Nanny. Je n'ose même pas l'imaginer. En plus, ils connaissent les conséquences d'une trahison aucun n'oserait c'est impossible.

Zoé soupira une nouvelle fois.

- Voilà pourquoi je trouve ce rêve idiot. Je crois qu'on devrait l'oublier dit-elle en se levant et en déposant un baiser sur la joue de Nanny. Je refuse de suspecter mes amis. Ils sont ma famille de cœur, je les aime tous.

- Tu as raison dit Nanny en lui tapotant la main.

Zoé s'en alla, tête baissée, vers son studio. Elle fit une dernière caresse à GRIMA qui dormait sur son lit.

- Tu es le plus heureux, toi. Au fait GRIMA je te préviens que cela serait sympa de me faire rêver à de jolies choses pour une fois. J'en ai besoin, regarde la tête que j'ai.

Elle referma doucement la porte de son studio.

CHAPITRE 9

Cela faisait maintenant trois jours que Zoé faisait le même rêve de mise en garde. Alors, savoir que c'était son dernier jour d'école, qu'elle aurait une semaine pour se reposer lui mit le baume au cœur. Elle ne voulait pas laisser le doute s'insinuer dans son cœur, c'était un poison violent. Zoé avait confiance dans ses amis, elle refusait d'imaginer le pire.

- Tu rentres chez toi pour les vacances ? Lui demanda Mathieu.

Zoé eut un petit pincement au cœur, où se trouvait son chez-elle ? Son père lui avait annoncé la veille que sa chambre venait d'être transformée pour accueillir le bébé. Cela lui avait brisé le cœur, mais courageusement elle avait reconnu que c'était une bonne idée. Son père s'était empressé de lui dire qu'il avait acheté un canapé convertible. Zoé l'avait rassuré, cependant, elle n'avait pu empêcher une larme de couler silencieusement. Elle n'était pas jalouse de ce bébé, mais elle avait l'impression que le gouffre qui la séparait de ses parents, ne cessait de s'agrandir. Voilà pourquoi elle refusait de suspecter ses amis, c'était sa nouvelle famille de cœur, elle ne laisserait pas le doute s'insinuer dans son esprit. Zoé regarda Mathieu qui attendait sa réponse.

- Non, je ne rentre pas, ma maison est ici. Il y en a qui rentrent chez eux ? Demanda-t-elle en regardant chaque membre de leur groupe attablé au bureau où Monsieur LAMANON venait de leur distribuer un dernier travail.

- Non, je reste précisa joyeusement Nicolas en mettant ses bras autour des épaules de Sophie qui se mit à rougir de plaisir.

- Mois aussi, affirma Amir en la regardant attentivement. J'ai beaucoup de choses à découvrir pendant ces vacances, dit-il en lui faisant un clin d'œil.

Zoé ne put s'empêcher de sourire, c'est vrai qu'ils avaient encore beaucoup de recherches à effectuer.

- Et toi Marc ? Demanda Zoé en se tournant vers lui.

Celui-ci parut gêné, ce qui surprit Zoé, après tout, c'était juste une question anodine, une façon de lui prouver une fois de plus qu'elle le considérait comme un ami.

- Je… Je fais juste un aller-retour, dit-il en baissant la tête.

Cette dernière journée passa tellement vite, un brouhaha joyeux régnait dans les couloirs, même monsieur LAMANON souriait, un miracle !

Le soir au cours du repas, ils parlèrent de leurs projets. Puisque le groupe était au complet, ils allaient profiter de leurs vacances pour continuer leur enquête. L'ambiance à table était joyeuse.

De retour au studio Zoé fut prise d'un doute, au cours du repas elle n'avait pas vu GRIMA, mais ne s'était pas inquiétée, sûre de le retrouver vautré sur son lit. Tout à coup, elle réalisa qu'elle ne l'avait pas vu depuis son retour de l'IUT.

Zoé sentit l'angoisse la gagner, elle l'appela, tapa sur sa gamelle, où pouvait-il donc être ? Anxieusement elle regarda sa litière, elle était propre. Il n'était donc pas revenu depuis son retour de l'école car c'était la première chose qu'elle faisait en rentrant. Zoé sourit en prenant conscience du chemin parcouru. Elle était devenue la parfaite maîtresse d'un chat, heureuse d'être son esclave, qui aurait pu croire cela ?

Elle n'osa pas déranger Nicolas ou Nanny, mais elle passa la nuit sur son canapé à se ronger les sangs. Le lendemain matin c'est une Zoé en pleurs qui arriva à la table du petit déjeuner.

Nanny s'empressa de la prendre dans ses bras, lui demandant de s'expliquer.

Zoé renifla doucement, les sanglots l'étranglaient, elle avait réfléchi toute la nuit. Une seule explication s'imposait.

- Je ne … Je ne suis pas l'élue Nanny, on s'est tous trompés.

- Comment ça ? L'interrompit Nicolas, en s'agenouillant devant elle.

- GRIMA a disparu depuis hier. Tu te rappelles, Nanny a dit que si je n'étais pas l'élue, il disparaîtrait de ma vie comme il était venu, plus personne ne le verrait. Mais, dit-elle en sanglotant, je l'aime, moi ! Il n'a pas le droit de m'abandonner ainsi. Je m'en fiche si ce n'est qu'un banal chat, si c'est un gros cochon, s'il est en dessous de la moyenne, c'est mon ami, je l'aime tel qu'il est.

- Le GRIMALKIN a disparu ? S'écria une Nanny si blême que Nicolas se redressa pour aider sa grand-mère à s'asseoir. Ce n'est pas possible ! La mission n'était pas terminée. Je ne comprends pas, c'est illogique. Je veux que tu me racontes tout dans le moindre détail.

Zoé renifla et s'essuya le visage avec son bras, les sanglots l'étouffaient.

- Peut-être, que nous faisions fausse route. Que GRIMA a compris que nous étions en train d'échouer.

- Taratata ! Raconte-moi.

Zoé commença à relater tous les évènements depuis la veille, jusqu'au moment, où elle avait constaté l'absence de GRIMA.

- Allons au studio ! Précisa Nanny en se redressant et en tapotant le sol de sa canne.

Sans un mot, ils se dirigèrent vers l'appartement. Nanny resta droite au centre, pivotant sur elle-même, à la recherche d'indices. Nicolas s'approcha des ouvertures qu'il inspecta.

- Venez voir, dit-il en regardant de plus près, la porte qui donnait sur la piscine. On dirait qu'elle a été forcée.

Zoé et Nanny se précipitèrent, effectivement il y avait des marques.

- Tu n'avais rien remarqué Zoé ? Lui demanda Nanny.

- Non ! Depuis qu'on n'utilise plus la piscine, je n'ouvre jamais cette porte, il fait trop froid maintenant. Mais, qui a fait ça ? Que s'est-il passé ? Est-ce que cela a un lien avec sa disparition ? Peut-être qu'un voleur a pénétré ici, effrayant GRIMA ? Oh ! Si c'est ça, il va revenir, n'est-ce pas ? interrogea-t-elle avec un espoir dans la voix.

- Nous allons surtout faire venir immédiatement Jonathan, précisa Nanny en frappant le sol de sa canne.

- Mais qui est-ce ? Demanda Nicolas.

- L'inspecteur CHABAUD, voyons ! La situation est grave jamais un GRIMALKIN n'a disparu de la sorte. Toi, Nicolas fait venir ton groupe, moi je m'occupe de prévenir tout le monde. Quelles sortes de gardiens sommes-nous, si Le GRIMALKIN se retrouve ainsi mis en danger ?

Zoé resta effondrée dans son canapé. Ses amis arrivèrent essayant de la réconforter. Le groupe de gardiens s'était également retrouvé dans son studio, l'inspecteur étudia chaque indice.

- Dis donc, demanda Sophie, tu ne crois pas que c'est parce qu'on se trompait dans notre enquête ? Que tout compte fait, tu ne serais pas l'élue ?

- Balivernes ! S'écria Nanny, je n'y crois pas une seule minute. Alors Jonathan qu'en penses-tu ?

- Je crois que tu as raison Claire, cela, n'a rien avoir avec la recherche du testament. Le GRIMALKIN n'a sûrement pas disparu parce que Zoé n'était pas l'élue, il s'est passé quelque-chose ici. J'ai même trouvé des traces de sang, il a donc dû se débattre.

Zoé se leva précipitamment en regardant les traces de sang.

- Vous croyez qu'il est blessé ? Qu'on lui a fait du mal ?

L'inspecteur CHABAUD eut un sourire en coin.

- À mon avis c'est son agresseur, il a dû se débattre et le griffer.

- Zoé, intervint Nanny, il est temps que tu racontes ton dernier rêve.

- Quel rêve ? La coupa Mathieu.

- Nanny non, s'il vous plait. On en a déjà parlé, je refuse d'y croire, vous le savez.

- Zoé nous devons tout envisager.

Tristement, elle baissa la tête et raconta son rêve de mise en garde. Des cris fusèrent, ils étaient offusqués d'être suspectés. Tout à coup Sophie leva la main pour la passer sur son visage, stupéfaite par la tournure prise par les évènements. Nicolas la lui attrapa et l'observa un long moment.

- D'où vient cette griffure ? Demanda-t-il d'un air sévère à Sophie.

Tout le monde regarda la main de Sophie. On y apercevait une énorme plaie qui allait de l'index au poignet.

Sophie outrée lui retira vivement sa main et la cacha dans son dos.

- Quoi ? Ne me dis pas que je suis suspecte ? Comment oses-tu Nicolas ? C'est moi Sophie ! D'accord j'ai mauvais caractère, mais de là à trahir, comment oses-tu ?

- Depuis le début tu râles. Tu n'as jamais voulu être gardienne, et dès que je passe du temps avec Zoé tu fais une scène. Je viens même de t'entendre dire qu'elle n'était peut-être pas l'élue. Ce qui t'arrangerait bien dans le fond, dit-il le regard empli de colère

Sophie blême, se leva brusquement, se dirigea vers la porte, qu'elle claqua en partant. Zoé soupira longuement.

- Voilà pourquoi je ne voulais pas parler de ce rêve, je ne veux pas que le doute s'insinue entre nous. Je suis persuadée que Sophie n'a rien à voir là-dedans de même que Mathieu, Amir et toi Nicolas.

Zoé posa son index sur son torse.

- Tu vas lui devoir de sacrées excuses, précisa Zoé.

Celui-ci renfrogné persista.

- Mais depuis le début, je sais qu'elle est jalouse de toi. Je ne pense pas que ce soit contre Le GRIMALKIN, c'est peut-être juste un truc de filles, une façon de dire « garde tes distances ». S'il n'y a plus de GRIMALKIN, le groupe n'a plus de raison d'être. Nos réunions qui la dérangent tant, n'existeront plus.

- Un truc de filles ? Mais enfin Nicolas ! C'est vrai qu'au début elle était jalouse, mais je crois qu'elle a compris que nous sommes juste des amis. Tu iras la voir dès qu'elle sera calmée. Cherchons plutôt une piste extérieure, insista Zoé.

- Si Zoé pense, que Sophie est innocente, je crois que nous devons effectivement envisager autre chose, précisa l'inspecteur CHABAUD. Je vais faire des recherches. Je vous tiendrai au courant, dit-il en se retirant.

Tout le monde se retira silencieusement, il ne resta plus que Nanny qui s'effondra dans le canapé aux côtés de Zoé.

- On le retrouvera ! Je suis certaine qu'il va essayer d'entrer en contact avec toi. As-tu dormi la nuit dernière ? Lui demanda-t-elle.

Zoé secoua la tête, en serrant un coussin contre son cœur. Comment aurait-elle pu dormir ? Elle avait été si inquiète pour son ami, à juste titre d'ailleurs.

- Alors essaye de te reposer. Je vais te laisser seule. Si Jonathan découvre quelque-chose, je viendrais te le dire, précisa-t-elle en passant une main dans les cheveux de Zoé pour la réconforter.

Celle-ci hocha la tête tristement, en regardant son amie partir.

Toute la journée elle se traîna comme une âme en peine, impossible de s'endormir.

Le soir venu, Zoé s'effondra de sommeil sur son canapé. Cette fois-ci, c'était différent, une image brouillée, floue. Un rêve étrange. Elle apercevait un genre d'aqueduc rose. En fait juste deux arches, et une tête avec deux visages au milieu d'une fontaine. Son regard fut attiré par une inscription, ARGENTORATUM MM. Zoé avait froid et se mit à trembler. Elle se réveilla le cœur battant, qu'est-ce que cela signifiait ? Où se trouvait cette fontaine ?

Elle se précipita vers la salle de bains, désireuse de retrouver au plus vite Nanny et Nicolas pour leur décrire cette vision, mais quelqu'un venait de toquer puissamment sur sa porte. Nicolas sûrement, Zoé ouvrit, toute heureuse de lui raconter ce nouvel indice. C'était Sophie au visage défait, des larmes et des traces de maquillage marquaient son visage, elle se tenait rigide devant elle.

- Je dois te parler, dit-elle en se tortillant les mains.

Surprise Zoé la laissa passer, et la regarda se laisser tomber lourdement sur son canapé.

- Que se passe-t-il Sophie ?

- D'abord je voulais te remercier, Nicolas m'a dit que tu avais pris ma défense, c'est sympa. Cette marque, dit-elle en la montrant c'est en jouant avec mon petit frère, c'est tout. Crois-moi s'il te plait ?

- Mais je te crois, insista Zoé en souriant tendrement.

- Cependant, reprit Sophie d'un air gêné. Nicolas n'a pas tort, je suis terriblement jalouse, de la complicité qui vous lie. Je ne comprends pas votre amitié, il m'arrive de douter. Tu vois je suis mauvaise, dit-elle en cachant son visage avec ses mains.

- Eh ! C'est normal, tu l'aimes ton Nico. Rassure-moi, vous avez pu résoudre vos problèmes ? Demanda Zoé en s'installant à ses côtés.

- Oui, dans un sens cela a fait éclater des non-dits, ce n'est pas plus mal. Lui en avait assez de ma jalousie. Pour preuve, sa réaction d'hier, et moi j'étais malade de votre proximité. On doit travailler sur la confiance, enfin surtout moi. Nicolas a compris mon comportement. Au moins, tout est clair entre nous. On s'aime tellement.

Sophie regarda Zoé les yeux embués de larmes.

- Il voulait venir avec moi, mais j'ai insisté pour te voir seule en premier. Je te devais des excuses, car depuis le début tu as fait preuve de beaucoup de patience avec moi.

Zoé la prit dans ses bras, avec la disparition de GRIMA, les tensions s'étaient exacerbées.

- Eh ! C'est normal qu'il y ait parfois des problèmes, des conflits. Bon ! Dis-moi où se trouve Nico ?

- Nico nous attend pour le petit déjeuner, mais je ne me sens pas très à l'aise pour paraître ainsi devant Nanny. Je n'ai pas dormi de la nuit, je ne me suis même pas changée.

Sophie regarda avec reconnaissance Zoé.

- Merci, de me comprendre, je ne suis pas une fille facile. Jusqu'à maintenant il n'y avait que Nico pour tolérer mon fichu caractère. Je suis contente de te connaître Zoé, je n'ai jamais eu d'amie fille.

- Pas de problème, nous sommes amies Sophie et je comprends parfaitement. Mais je te le répète Nicolas n'est pas celui qui m'intéresse, c'est juste un bon copain. Bon ! Je vais prendre une bonne douche, et tu pourras en prendre une ensuite, j'ai des vêtements à te prêter.

Sophie la regarda se diriger vers la salle de bains.

- Tu es une super copine Zoé, je m'en rends bien compte. Merci pour tout. Mais, attends ? Dit-elle en fronçant les sourcils, comment ça ? N'est pas celui qui t'intéresse ? Tu veux dire que quelqu'un dans le groupe te plait ? Qui ? Amir ? Mathieu ?

Zoé ferma la porte en riant.

- Zoé tu n'as pas le droit de me laisser ainsi. Je veux savoir. De qui s'agit-il ?

- Pas maintenant Sophie, ce n'est pas le moment. Nous devons nous dépêcher, j'ai eu une vision cette nuit. Je voudrais que Nanny m'aide à la comprendre. Alors, je me douche, tu y vas ensuite et on file les retrouver.

- Oh ! Tu as une piste ?

- Peut-être ! Cria Zoé pour couvrir le bruit de l'eau qui coulait.

Zoé et Sophie arrivèrent en courant dans le salon de Nanny, leurs cheveux trempés dégoulinaient encore d'eau.

- Oh ! Vous allez attraper mal, s'écria Nanny en leur essuyant la tête avec les serviettes du petit déjeuner.

Ce qui les fit rire.

- Alors tout est arrangé ? Demanda Nicolas, en prenant la main de Sophie.

Celle-ci opina de la tête, avec un grand sourire.

- En plus Zoé a une piste, précisa-t-elle toute heureuse.

- Une piste ? La coupa Nanny dis-moi vite. Tu as eu une vision ?

Zoé décrivit son rêve méticuleusement. Nanny se leva et fit quelques pas dans le salon.

- ARGENTORATUM signifie STRASBOURG.

- Comment, sais-tu cela Nanny ? Demanda Nicolas.

- C'est du Latin.

- Donc GRIMA, serait à Strasbourg ? Mais pourquoi ? Je ne comprends pas ? S'écria Zoé de plus en plus surprise.

- Oh ! Le sale rat ! Hurla Sophie. Quand je pense qu'on m'a accusée. Je vais lui démonter la tête.

- Mais de qui parles-tu ? La coupa Nicolas, étonné de cette réaction.

- Rappelle-toi, le jour de la rentrée Marc nous a proposé un gâteau le BREDELLE. Du coup comme j'ai aimé cela, j'ai essayé d'en refaire à la maison. C'est une spécialité Alsacienne. Vous comprenez maintenant. En

116

plus, le dernier jour d'école, il a bien précisé qu'il faisait un aller-retour. Je trouvais d'ailleurs qu'il faisait une drôle de tête, je ne comprenais pas pourquoi ? C'est clair, maintenant ! Il a kidnappé Le GRIMALKIN.

- Mais, pourquoi ? Murmura Zoé qui venait de se rappeler son air gêné lors de l'évocation de son voyage. Dans quel but ? Qu'a-t-il à y gagner ? C'est idiot !

- Tu sais quoi ! J'appelle Mathieu et Amir, on va lui rendre une petite visite. Quelqu'un connait son adresse ? Demanda Sophie en les regardant.

Zoé et Nicolas se regardèrent en secouant la tête. Malheureusement, ils n'avaient jamais vraiment cherché à connaître Marc.

- Ce n'est pas grave, intervint Nanny avec son nom de famille, Jonathan le retrouvera. Voilà une mission pour les gardiens, s'écria-t-elle joyeusement. On va retrouver Le GRIMALKIN. Tu vois Zoé, cela n'avait donc rien à voir avec NOSTRADAMUS. Tu es l'élue, je le sens au fond de mon cœur. La seule, l'unique, dit-elle en l'embrassant sur la joue.

Zoé sentit l'étau autour de son cœur se desserrer un peu plus, GRIMA ne l'avait pas rejetée.

- Mais, et cet endroit que je vois, cette fontaine, on ne sait pas où elle est ? Demanda Zoé qui avait hâte de retrouver son petit compagnon.

- Ton Alsacien nous le dira, filez vite les enfants, il faut le retrouver au plus vite, s'écria Nanny.

CHAPITRE 10

Ils se retrouvèrent tous devant l'immeuble de Marc. Mathieu regarda autour de lui.

- Eh ! Il est là, je reconnais sa voiture, cette vieille berline bleue. Je vais lui mettre la tête au carré, il va enfin comprendre, précisa-t-il furieusement.

- Non ! Intervint d'une voix autoritaire Zoé, tu ne feras rien. Premièrement on ne sait pas, s'il est vraiment mêlé à cette histoire. Tu me laisses faire, c'est OK pour tout le monde ?

Zoé les dévisagea les uns après les autres attendant une confirmation de leur part. Elle devait lutter contre ses démons intérieurs, car elle aussi sentait une puissante rage la dévorer. Ils montèrent les escaliers quatre à quatre, Zoé toqua doucement à la porte, mais il n'y eut aucune réponse.

- Tu es certain, que c'était sa voiture ? Demanda-t-elle, en se tournant vers Mathieu.

- Certain, mais tu toques comme une chochotte Zoé, laisse-moi faire.

Il passa devant elle, et donna des coups si violents sur la porte que celle-ci se mit à trembler sur ses gonds. On entendit des bruits de pas, une personne qui râlait. La porte s'entrouvrit, et Mathieu pénétra en force dans l'appartement.

- Eh ! Qu'est-ce que vous faites ici ? J'ai roulé toute la nuit je suis naze ! Dégagez d'ici, éructa-t-il.

- Ah ! *Monsieur* a roulé toute la nuit, tu l'entends Zoé. Et il a fait quoi d'autre *Monsieur* ? Demanda Mathieu d'une voix faussement doucereuse, en le plaquant contre le mur.

Zoé essaya de calmer le jeu en se glissant entre les deux hommes, elle était si petite, que son cœur se mit à battre très fort. Si la situation s'envenimait, elle allait déguster, mais elle ne pouvait pas les laisser se battre. Ils étaient là, uniquement pour poser des questions. Tout à coup, l'étau se desserra, Nicolas venait d'écarter brusquement Mathieu qui ne cessait de pester, puis il se saisit du bras de Marc.

- Tiens, tiens ! Si tu nous disais d'où viennent ces marques ? On dirait bien des griffures de chat, tu ne crois pas Zoé ?

Celle-ci n'en revenait pas, c'était donc bien lui, mais pourquoi ? Elle le regarda avec de la douleur dans le regard. Nicolas venait de lui lâcher le bras et Marc se le frottait, comme pour faire disparaître les traces de griffures.

- Vous êtes complètement débiles, pas un pour racheter l'autre, murmura Marc, mais la sueur au-dessus de ses lèvres n'échappa à Zoé.

- Je crois que tu sais parfaitement de quoi nous parlons, mais pas de problème, si tu préfères, on appelle l'inspecteur CHABAUD, il réglera cette affaire, vol et maltraitance sur animaux, ça va chercher loin, murmura-t-elle.

Marc hésita, l'air angoissé.

- Quelle maltraitance ? C'est ton p**tain de chat qui m'a maltraité, un enragé.

- Sale rat ! S'écria furieuse Sophie, en lui écrasant le pied avec son talon. À cause de toi je me suis disputée avec Nico et j'ai failli perdre ma meilleure amie, si j'étais un mec, tu passerais un sale moment, crois-moi.

- Eh ! Calme-toi ma puce, murmura Nico à son oreille en l'attrapant par la taille, on s'en occupe. Mais j'adore quand tu te transformes en tigresse. Le chaton sort ses griffes, dit-il tendrement.

- Bon ! Les amoureux on ne va pas y passer la journée. Ce crétin nous dit où se trouve Le GRIMALKIN pesta Mathieu, sinon on appelle CHABAUD.

Marc hésita un long moment, ce silence n'avait rien de rassurant, Zoé sentait les pulsations de son cœur dans sa gorge.

- Il… Il n'est pas là, murmura-t-il en baissant la tête, accablé de culpabilité.

- Comment ça, il n'est pas là ? Tu l'as mis où ? Si tu lui as fait du mal ? Tu me le paieras Marc et crois-moi c'est une promesse, s'écria furieusement Zoé.

Un voisin qui descendait les escaliers les regarda attentivement, alerté par les bruits et l'attroupement. Marc le salua d'un hochement de tête, avant de refermer la porte.

- Bon ! Venez dans le salon, je vais tout vous raconter, l'immeuble n'a pas besoin d'être au courant.

L'appartement était exigu, il y avait très peu de meubles, juste deux chaises. Zoé regarda autour d'elle, surprise par l'austérité de l'endroit. Qui était Marc ? Un opportuniste ? Un sale rat comme le pensait Sophie ? Ou bien un gars très seul, un peu perdu qui avait commis une grosse bêtise ?

- Je t'écoute, dit-elle en croisant les bras sous sa poitrine.

- Ton chat est à Strasbourg.

- Strasbourg ? Tu ne pouvais pas l'emmener encore plus loin, crétin ! S'insurgea Sophie. Pourquoi là-bas ?

- J'habitais cette ville jusqu'en septembre.

- Mais pourquoi ? Qu'est-ce qu'on a fait pour que tu t'acharnes ainsi ? Murmura tristement Zoé.

Marc baissa la tête, honteux de ses actes.

- Je vous ai entendu parler dans les couloirs, vous n'étiez pas toujours discrets. Je savais que ce chat avait un pouvoir, la capacité d'avoir des visions. Alors je me suis souvenu que près de chez-moi il y avait un voyant, un gars excentrique. Je l'ai contacté, il était prêt à payer cher pour avoir ce chat, le descendant du chat de NOSTRADAMUS. Je t'ai suivie pendant quelques jours. J'ai découvert que le soir tu allais manger avec Nicolas dans la grande maison. Vendredi, j'ai sauté les derniers cours, je savais que tu finirais à dix-huit heures. J'espérais qu'avec un peu de chance, tu te rendrais compte de sa disparition que le lendemain.

Il soupira, en passant ses mains dans ses cheveux.

- je suis passé par la porte de derrière, celle qui donne sur la piscine, la fermeture n'était pas compliquée. Le chat dormait sur le lit, j'ai jeté ma veste sur lui pour le glisser dans une cage, mais cette furie s'est débattue, il m'a griffé.

- Tu ne lui as pas fait de mal au moins ? Il n'est pas blessé ? Demanda anxieusement Zoé.

Marc secoua la tête.

- Et maintenant il est où ? Avec ton voyant ? Combien il t'a donné ?

Marc eut un rire ironique.

- Rien du tout, j'ai fait tout ça, pour rien du tout ! Quand je suis arrivé chez-lui, j'ai vu le gars donner un coup de pied à son chien qui était d'une maigreur incroyable. Alors j'ai regardé ton chat, il me fixait intensément et j'ai compris que je ne devais pas le laisser là. J'ai voulu reprendre la cage de transport, on s'est disputé. Dans la bagarre, la boîte est tombée, la porte s'est ouverte et le chat est parti comme une fusée. Le chien l'a coursé. Voilà c'est tout.

- C'est tout ! Non mais je rêve, ce mec est un cauchemar ambulant ! S'écria Mathieu. On fait comment maintenant pour le retrouver ?

Amir s'approcha doucement.

- C'est simple, nous allons tous à Strasbourg.

- Ohé ! Tu sais où se trouve Strasbourg, ce n'est pas la porte à côté, précisa Sophie en secouant sa main devant le visage d'Amir.

- Je sais très bien, mais vous oubliez une chose. Nous avons les indices de Zoé, et ce… Ce, cet individu connaît la ville. On y va tous, maintenant !

- Non, mais ça va pas, je viens juste de rentrer, je suis crevé. Débrouillez-vous sans moi, répondit Marc, en faisant mine de retourner se coucher.

- Pas question ! Répliqua Amir, j'ai dit tout le monde. De plus nous prendrons ton véhicule. Comme il voyait Marc s'agiter en protestant, il précisa. C'est ça ou CHABAUD, à prendre ou à laisser, n'est-ce pas Zoé ?

- Exactement ! Dit-elle, heureuse de voir Amir prendre les choses en main.

Sophie et Mathieu durent prévenir leurs parents, et Zoé téléphona à Nanny pour la rassurer.

La route jusqu'à Strasbourg fut longue, la météo était épouvantable. Seul Amir semblait heureux de découvrir une région magnifique qu'il ne connaissait pas. Pendant le trajet, Zoé essaya d'en savoir un peu plus sur Marc. Il avait vécu dans une famille d'accueil, pratiquement toute son enfance. Il avait voulu partir de Strasbourg pour fuir de mauvaises relations, avoir une nouvelle chance de départ.

Zoé eut un pincement au cœur, un peu comme elle, dans un sens. Mais Marc était quand même coupable, il avait le don de se mettre dans des situations impossibles. Elle soupira longuement, depuis le départ, une idée trottait dans sa tête. Elle n'osait pas encore en parler aux autres.

Zoé lui décrivit sa vision, par bonheur Marc reconnut le lieu c'était la fontaine JANUS sur la place Broglie. Il avait l'air décidé à les aider ce qui la rassura. Au moment de faire le plein d'essence Marc tapota sur l'épaule de Mathieu qui conduisait.

- Je n'ai pas d'argent, je n'en ai plus en fait, dit-il piteusement.

- Ce n'est pas vrai ! Jusqu'au bout ce mec sera un boulet, rouspéta Mathieu.

- Pas de problème, je me charge des frais précisa doucement Amir en souriant.

- C'est cool, d'avoir un émir comme copain, murmura Mathieu en faisant un clin d'œil à Amir, assis à ses côtés.

Zoé était assise à l'arrière à côté de Marc, Nicolas et Sophie les suivaient dans un autre véhicule. Le voyage fut long et épuisant, mais la joie de le retrouver bientôt, galvanisa Zoé. Ils arrivèrent tard à Strasbourg, heureusement Marc connaissait parfaitement cette ville. Ils découvrirent la place Broglie qu'elle reconnût immédiatement.

Cette ville était décidément magnifique et Amir ne cessait de s'enthousiasmer.

- Comment fait-on maintenant ? Demanda Sophie. Il peut être n'importe où.

- Non, s'il m'a envoyé cette vision, c'est qu'il doit être dans le coin. Je vais l'appeler, ouvrez grand les yeux et les oreilles, dit-elle à ses amis.

Ils se séparèrent et commencèrent à rayonner autour de la place. Au bout d'une heure, le désespoir gagna Zoé, et s'ils étaient arrivés trop tard ? Peut-être était-il mort ?

Marc qui la suivait depuis le début s'approcha doucement et la prit par les épaules.

- Je suis désolé Zoé, je ne me rendais pas compte. Je... Je crois que j'étais jaloux de votre relation, de voir votre amitié, j'avais l'impression d'être exclu.

Zoé le regarda avec attention. Elle le comprenait bien, car elle aussi connaissait ce sentiment avec sa famille. Elle renifla tristement, une larme coula sur sa joue.

- Je le retrouverai, je te le promets, précisa Marc ému de sa détresse.

- Ouais ! Eh bien ! Commence par la lâcher, intervint rageusement Mathieu à leurs côtés.

Les garçons allaient se disputer, quand Zoé crut entendre un faible miaulement, cela venait d'une ruelle sombre. Elle se précipita suivit de Marc et Mathieu. Elle utilisa son téléphone pour y voir plus clair. Les miaulements venaient d'en haut, mais où ?

- Il est là ! S'écria joyeusement Marc. Oh ! Mince comment a-t-il fait ?

- Fait quoi ? Demanda Zoé en le cherchant des yeux. Oh non ! Comment on va faire ?

Mathieu envoya immédiatement un sms aux autres qui les rejoignirent. Tout le monde avait la tête levée.

- Que se passe-t-il ? Demanda Amir en arrivant essoufflé. Il leva les yeux comme les autres.

Le GRIMALKIN était coincé entre deux maisons, il n'arrivait pas à bouger, et miaulait si faiblement, que le cœur de Zoé se serra.

- Mais comment a-t-il fait ? Murmura-t-elle désespérée.

- Je pense que pour échapper au chien qui le coursait, il a dû grimper sur cet arbre pour ensuite sauter sur le toit, et sûrement qu'en glissant, il s'est retrouvé coincé entre les deux maisons l'écart est si minime, qu'il ne peut plus bouger. J'ai une idée, je vais sonner chez le propriétaire du premier étage. Cette fenêtre dit-il en la montrant du doigt, me permettrait d'approcher du GRIMALKIN en utilisant la gouttière.

- C'est encore une idée foireuse, précisa Mathieu en secouant la tête.

- Il a raison mieux vaut prévenir les pompiers, ils le dégageront, insista Amir.

Zoé regarda attentivement Marc, les autres attendaient sa décision.

- Fais-le, dit-elle à Marc.

Celui-ci disparut immédiatement dans l'immeuble voisin.

- Mais pourquoi ? Demanda Mathieu, c'est dangereux en plus. S'il approche, Le GRIMALKIN va lui lacérer le visage. Bon ! Ce n'est pas que cela me dérange, mais c'est ridicule.

Zoé le regarda avec insistance.

- C'était à lui d'intervenir, je le sais. Il en avait besoin, fais-moi confiance Mathieu, dit-elle en mettant sa main sur son bras.

Ils virent la lumière s'allumer dans la pièce qui jouxtait le mur. Un homme jeune se pencha pour regarder. En voyant le chat coincé, il se recula pour laisser la place à Marc, qui venait de quitter son blouson pour avoir plus d'aisance dans ses mouvements. Il lui tendit la main pour l'aider à prendre appui sur le rebord de la fenêtre. Celui-ci, de son autre main, agrippa la gouttière et cala son pied sur une pierre qui dépassait.

- Il n'y a que moi qui pense que cette idée est complètement stupide et que nous allons finir la nuit aux urgences, murmura Amir sans quitter des yeux les avancées de Marc.

- Il va réussir, je le sais, confirma Zoé.

Marc s'approcha si près qu'il réussit à glisser son bras au-dessus du GRIMALKIN celui-ci miaula faiblement.

- P**tain il est bien coincé ! S'écria Marc.

Il eut l'idée de mettre son bras sous Le GRIMALKIN et poussa de toutes ses forces pour le soulever, il perdit l'équilibre et faillit tomber. Le voisin le rattrapa par le tee-shirt, Sophie poussa un cri de frayeur. Un attroupement commença à se former autour d'eux, certains filmaient la scène.

Marc recommença, en assurant son appui. On vit le corps du GRIMALKIN se soulever légèrement, suffisamment pour que Marc arrive à l'extraire de sa prison. GRIMA s'accrocha de toutes ses griffes au bras de celui-ci, qui ne put retenir un cri de douleur, mais il ne le lâcha pas, et resserra sa prise pour le mettre à l'abri contre son torse. Des cris de joie, se firent entendre. Zoé et ses amis se précipitèrent dans les escaliers pour remercier ce voisin. Marc tenait pressé contre lui Le GRIMALKIN qui semblait épuisé.

Zoé le regarda, ses yeux verts pétillaient de bonheur, elle le remercia en hochant la tête, les mots étaient inutiles, elle passa sa main sur son bras ensanglanté.

- Il va falloir soigner cela, dit-elle doucement.

- Waouh ! Encore une fois il ne t'a pas raté, dit Mathieu. Mais cette fois-ci, pour la première fois, il y avait de la reconnaissance dans son regard.

- Oui cela commence à devenir une triste habitude. Je ne dois pas être fait pour avoir des chats.

- Tu t'y feras, rien n'est écrit dans le marbre, murmura Zoé qui se souvenait d'avoir entendu cette même phrase, de la bouche de son amie. Elle lui prit GRIMA des bras pour le dorloter et l'embrasser sur la tête.

Marc reporta son attention sur le chat.

- Je connais une clinique vétérinaire ouverte en permanence. On va y aller pour s'assurer qu'il va bien, dit-il en regardant tout le groupe.

Ils passèrent une partie de la nuit sur des chaises de la salle d'attente. Le vétérinaire avait donné le nécessaire pour désinfecter et soigner Marc. Sophie venait de s'endormir sur l'épaule de Nicolas.

Heureusement Le GRIMALKIN n'était pas blessé, juste épuisé par sa mésaventure. Il était déshydraté, affamé et avait souffert du froid. Ses membres étaient ankylosés, il lui faudrait beaucoup de repos pour récupérer.

- Que fait-on maintenant ? Demanda une Sophie toute endormie qui s'étira en baillant.

- Laissez-moi passer un coup de fil, répondit Amir en s'éloignant de quelques pas.

- Qu'est-ce qu'il fait ? S'étonna Sophie curieuse.

Zoé le regarda, il passa plusieurs coups de fils et revint tout sourire vers eux.

- Voilà c'est arrangé, j'ai réservé des chambres dans un petit hôtel du coin, vous êtes bien sûr, mes invités.

- À cette heure-ci ? Et GRIMA tu crois qu'ils l'accepteront ? Demanda surprise Zoé, qui le tenait dans ses bras en le caressant tendrement. Pas question de s'en séparer de nouveau, elle avait eu bien trop peur.

- Oui, pas de problème, tu dormiras avec ton chat.

Tout le monde remercia chaleureusement Amir. C'est vrai que l'idée de reprendre immédiatement la route, ne les enchantait pas, ils étaient tous épuisés par cette journée.

En arrivant devant l'hôtel Mathieu ne put retenir un sifflement admiratif.

- C'est ça pour toi un petit hôtel ? Mais, c'est un palace, la grande classe ! Merci Amir, je crois que je vais adorer ma chambre.

C'était un endroit très luxueux. Un homme qui semblait être le directeur, les accueillit avec beaucoup de déférence. Décidément, Amir devait venir d'un émirat pas si petit que ça, pensa Zoé en souriant.

Sa chambre était somptueuse. Elle prit une longue douche pour se délasser, tout avait été installé pour GRIMA, il avait même une bonne gamelle. Elle voulut appeler Nanny mais en voyant l'heure, elle renonça à cette idée, mieux valait attendre le petit matin.

Ils avaient convenu de tous se retrouver dans la chambre de Zoé pour y prendre le petit déjeuner. Elle se coucha et soupira de bien-être en sentant la douceur des draps. GRIMA vint se lover tout contre elle, et lui lécha la joue. Elle sombra immédiatement dans un profond sommeil.

Zoé faisait les cent pas dans sa chambre. Elle avait passé une nuit agitée malgré le confort, et au petit matin, elle s'était empressée de joindre son amie Nanny. Les deux femmes étaient du même avis, ce qui rassura Zoé. Le plus difficile serait de le faire comprendre aux autres. D'abord il fallait qu'elle parle à Marc.

Dès qu'ils arrivèrent dans sa chambre Zoé le prit par le bras et s'enferma un long moment avec lui dans la salle de bains.

- Qu'est-ce qui se passe ? S'étonna Mathieu.

- Je ne sais pas, répondit Nicolas stupéfait.

Zoé revint avec Marc qui semblait agité, il les regardait les uns après les autres.

- Je dois vous parler, dit-elle en se mordillant les lèvres.

Tous les regards étaient fixés sur elle. Sophie allongée sur le lit caressait Le GRIMALKIN qui ronronnait de plaisir.

- J'ai parlé longuement avec Nanny ce matin, elle est de mon avis, reprit Zoé.

- C'est-à-dire ? La coupa Nicolas en plissant les yeux.

- Vous vous souvenez de mon rêve ? Un des cinq gardiens trahissant Le GRIMALKIN ?

- Oui et alors ? Intervint Sophie. On sait maintenant que c'est faux, la preuve, dit-elle en pointant son menton vers Marc.

- Non ! Justement. Nanny nous a dit un jour que Le GRIMALKIN ne commettait aucune erreur, mais nous oui !

- Comment ça ? Répliqua Mathieu en fronçant les sourcils.

Zoé soupira, puis continua son explication. Elle s'humecta les lèvres, pourvu qu'ils comprennent.

- Mon rêve précisait, un des cinq gardiens. Nous en avons déduit que Nanny était le cinquième gardien, puisqu'elle était toujours avec nous. Mais, c'était une erreur. Nanny était déjà une gardienne. Là, nous parlions de la nouvelle génération. Il y avait donc un gardien qui n'avait pas encore été identifié.

Tous les regards convergèrent vers Marc.

- Tu veux rire ! Ce gars n'apporte que des embrouilles, s'écria Mathieu.

- Non, écoute-moi, le destin nous a mis en relation. Nanny dit que Le GRIMALKIN fait toujours en sorte d'attirer les gardiens et le messager vers lui. Marc depuis le début est à nos côtés. Mais, nous ne l'avions pas compris. C'est en fait le cinquième et dernier gardien du GRIMALKIN. Regarde hier, il lui a sauvé la vie.

- Oui, bon peut-être, mais c'est aussi à cause de lui qu'on en est là, ronchonna Mathieu.

- Parce que nous l'évincions sans le savoir. Je crois que Le GRIMALKIN voulait que nous soyons au complet, pour mener la phase finale de notre quête.

Marc s'approcha doucement l'air humble.

- Je sais que j'ai tout foiré, mais je peux vous assurer, que j'aimerais faire partie de votre groupe. Plus jamais vous n'aurez à vous plaindre de moi, c'est juré. Zoé m'a expliqué votre quête. J'aimerais en faire partie, mais seulement si vous m'acceptez tous, dit-il en fixant plus intensément Mathieu.

Ils se regardèrent avec attention. Les propos de Zoé étaient troublants, c'est vrai que depuis le début Marc était avec eux. Mathieu soupira longuement et tendit sa main vers Marc en signe d'acceptation.

- C'est bon, si tu es réglo, alors je suis d'accord. Mais je te préviens, encore un faux pas et ma parole tu le sentiras passer.

- Mathieu a tout dit, précisa Amir avec un grand sourire, en tapant dans le dos de Marc.

Tout le monde vint le saluer en souriant. Zoé poussa un long soupir. Ils reprirent donc leur route vers SALON de Provence. Tout le long du trajet Marc lui demanda de répéter toutes leurs découvertes, il semblait emballé par cette quête hors du temps.

- Au fait, demanda-t-elle tu avais besoin d'argent ?

Marc grimaça avant de répondre.

- J'ai juste la bourse et les allocs, alors oui c'est plutôt dur.

Il y eut un grand silence, puis Mathieu le regarda dans le rétroviseur.

- C'est toi qui avais fait les Bredelles ?

Marc fronça les sourcils ne comprenant pas où il voulait en venir.

- Oui, une famille d'accueil, m'a appris la pâtisserie, et j'aime ça, c'est apaisant.

- Parfait ! Ma mère possède une pâtisserie, elle recherche tout le temps des apprentis, cela t'intéresse ?

Marc n'en revenait pas. Mathieu qui semblait depuis le début être celui qui lui en voulait le plus, venait de lui tendre un rameau d'olivier. Comment refuser une telle proposition ? Il sourit en lui tapant sur l'épaule.

- Et comment ! Merci mec tu me sauves la vie.

Zoé était heureuse, tout s'arrangeait, elle regarda par la vitre en souriant, la phase finale de leur mission allait pouvoir débuter. Dans le fond, cette disparition leur avait permis de comprendre que leur groupe était incomplet. Elle caressa GRIMA, en boule sur ses genoux, ce petit voyou avait tout prémédité

- Sacré GRIMA murmura-t-elle, si tu savais comme je t'aime.

CHAPITRE 11

De retour à Salon de Provence, ils décidèrent de s'accorder deux jours de repos pour récupérer de leur périple. Halloween étant dans quelques jours, il y avait de l'animation dans la ville.

Nanny avait été heureuse de retrouver Le GRIMALKIN, elle l'avait serré sur son cœur en pleurant, Zoé en fut émue. C'était sa famille de cœur, Nanny, ses amis et GRIMA, une famille atypique mais pleine d'amour, avec ses tensions et ses moments tendres.

Ils se retrouvèrent donc tous au Mas, pour décider de la suite de leurs recherches, et comme d'habitude Nanny en avait profité pour interroger le nouveau membre de leur groupe qui fut très intimidé par les coups de canne au sol. Zoé pouffa de rire, elle en imposait mais avait un cœur en or.

Le groupe s'installa donc autour de la table comme à son habitude.

- Bon ! Alors on procède comment cette fois-ci ?

Zoé prit la parole, déterminée à découvrir la vérité.

- Nous savons qu'il y a eu énormément de fontaines construites à cette période, nous devons découvrir celle qui a quatre dauphins. On va éplucher les associations, la bibliothèque et la mairie. En fait, tout ce qui pourra nous fournir la liste des fontaines présentes sur Salon de Provence et ses alentours. Qu'en pensez-vous ?

Tout le monde hocha la tête.

- On fait des groupes ? Demanda Zoé.

Mais Sophie soupira bruyamment.

- Non, pourquoi ne pas chercher ensemble. Après tout ce sont les vacances, on a un peu plus de temps, et on pourra ainsi confronter nos avis ?

Le groupe approuva cette idée. C'est vrai qu'ils n'avaient pas envie de se séparer. Ils commencèrent par la mairie, regardèrent de vieilles photos, on leur indiqua même une personne qui les collectionnait, mais il y en avait tellement et aucune ne correspondait. C'était désespérant.

Leur prochaine étape fut la bibliothèque, des livres anciens attirèrent leur attention, chacun se plongea dans un ouvrage.

- Flûte ! Beaucoup de fontaines ont disparues en mille sept cent quatre-vingt-huit. La nôtre en fait peut-être partie ? Murmura Sophie.

- Impossible ! Répondit Zoé. NOSTRADAMUS a fait en sorte que les indices restent en place pour que nous puissions les trouver, donc il faut continuer à chercher.

Marc qui continuait de lire son ouvrage, releva la tête.

- Une fontaine revient souvent, La grand FOUENT qui est alimentée par la source du MAÏRE. Des affrontements sanglants eurent même lieu juste à côté de cette fontaine. Mais le plus intéressant c'est qu'elle était très importante, à priori aux yeux de NOSTRADAMUS.

- Génial ! S'écria joyeusement Zoé. Enfin une piste sérieuse. C'est quoi ça la Grand FOUENT ?

Zoé sentait monter en elle l'exaltation, ils approchaient de la vérité, elle le sentait. Frénétiquement, ils continuèrent à chercher.

- Bon sang ! Vous ne devinerez jamais, s'écria joyeusement Marc. La grand FOUENT n'est autre que… La fontaine MOUSSUE.

- Quoi ! S'exclamèrent en même temps tous les amis.

- Attends ! Interrogea Zoé en mettant les mains devant elle pour intimer le silence. Tu veux parler du gros champignon vert ? Mais quel rapport ? Il n'y a pas de dauphins ? Donc c'est impossible, on fait fausse route forcément.

En soupirant, ils continuèrent à lire les documents.

- Pas sûr ! Murmura en souriant Amir. Là, on dit qu'au départ cette fontaine était ornée, tenez-vous bien … de quatre dauphins.

- Quoi ! Comment ça au début ? Que s'est-il passé ?

- Hum ! Cela devient fascinant, dit-il un sourire en coin. Ses yeux noirs pétillaient de malice.

- Arrête Amir, tu nous fais bouillir, grogna Zoé.

Il se mit à rire en les regardant un à un.

- En mille sept cent trente-trois, pour une raison inconnue la fontaine s'est tarie. Quelque chose avait bouché la sortie de l'eau.

- Oh ! Tu crois que cela pourrait être en rapport avec la bouteille contenant notre testament ?

- Hum ! Fort possible, en tout cas c'est une sacrée piste, précisa Mathieu en se frottant les mains.

- Bon ! Et alors, ensuite on en sait plus ? Interrogea Zoé.

- Il faudra attendre mille sept cent soixante-cinq pour qu'un sculpteur un certain BERNUS remplace les dauphins par des masques de têtes de lions, continua de lire Amir.

- Attends ! Ils sont restés trente-deux ans sans eau ? Le coupa Sophie stupéfaite.

Amir se pencha de nouveau sur son document.

- Oui c'est bien ce qui est écrit.

- Mais il n'y a pas de têtes de lions sur cette fontaine ? S'exclama Nicolas.

- Eh bien si ! Elles sont cachées sous le calcaire et la mousse. C'est fou non ! Reprit joyeusement Amir.

Zoé fronça les sourcils.

- Si vraiment notre bouteille cachée dans un dauphin a bloqué la fontaine, où se trouve-t-elle maintenant ? Et les quatre dauphins où sont-ils ?

Nicolas semblait absorbé dans sa lecture.

- Je crois que j'ai une idée, dit-il en relevant la tête. Le fameux BERNUS, était un sculpteur réputé, il a été chargé de les enlever. Mais chose surprenante, pour obtenir ce marché, il a proposé un prix dérisoire par rapport aux autres sculpteurs.

- Tu veux dire, qu'il voulait absolument s'en charger ? Qu'il voulait décrocher cette mission ? Intervint Sophie.

Zoé se leva et marcha de long en large.

- Chaque détail compte, c'est ce que nous a dit Nanny. Dans mon rêve je vois un adolescent, il joue avec des pierres, qui est-il ? C'est peut-être un message, un signe. Je le vois, cela signifie que sa présence est importante et pourquoi joue-t-il avec des pierres ? C'est sûrement pour attirer mon attention sur ce détail. Il se tient à côté de l'eau qui coule donc il y a forcément un rapport. De plus ce BERNUS c'est étrange, il voulait vraiment s'occuper de ce chantier. Pourquoi ? Peut-être …

Zoé s'arrêta brusquement et observa ses amis.

- Peut-être parce qu'il savait ce qu'elle contenait. C'est une piste, mais nous devons la suivre, on ne sait jamais où elle nous mènera.

Elle posa ses mains sur la table en les dévisageant.

- Trouvez-moi le maximum de noms des personnes qui vivaient auprès de NOSTRADAMUS.

- Tu crois qu'on peut trouver cela ? S'étonna Sophie.

- Tous les indices existent, NOSTRADAMUS a fait en sorte que nous les trouvions. Donc il doit y avoir une preuve quelque part, à nous de mettre la main dessus.

Zoé remua ses épaules, cela faisait des heures, qu'ils cherchaient, elle sentait la migraine poindre derrière son crâne et à en juger par les postures de ses amis, ils étaient dans le même état qu'elle. Peut-être valait-il mieux arrêter pour aujourd'hui ?

- J'ai trouvé ! Cria un peu trop fort Nicolas en se levant. Tenez-vous bien. NOSTRADAMUS avait un jeune apprenti, ou assistant je ne sais pas trop bien, qui s'appelait Louis BERNUS, et Bam ! Qui c'est le plus fort, dit-il joyeusement en regardant les autres.

Enfin l'espoir renaissait.

- Donc, précisa Zoé nous avons enfin un lien. Le sculpteur devait être un descendant du petit assistant, peut-être était-il un des premiers gardiens ? Et il savait qu'il devait préserver le secret jusqu'à notre arrivée. Il l'aura donc mis à l'abri mais où ?

Sophie soupira de plus belle.

- C'est un vrai casse-tête chinois, dès qu'on approche, on a une autre énigme.

Nicolas mit son bras autour de ses épaules et l'embrassa sur les cheveux.

- Pas d'accord ! On avance, ma puce, on avance, le trésor est là, devant nous.

- Heu ! Tu sais qu'il ne s'agit pas d'un trésor mais d'un testament, précisa en riant Marc.

- C'est pareil on s'en fout ! Insista Nicolas je ressens la même exaltation pas vous ?

- C'est vrai, tu as raison, c'est notre trésor précisa Mathieu joyeusement et on va le trouver, pas question d'échouer si près du but.

Zoé se mordillait un ongle.

- À quoi penses-tu ? Demanda Amir en l'observant.

- Si ce BERNUS était vraiment un gardien, il aura laissé des indices, une piste, on peut supposer qu'il a gardé son secret peut-être dans sa famille comme depuis le début. Un secret transmis de génération en génération. On devrait chercher de ce côté-là. Pour découvrir ce qu'il a fait des dauphins ou de la bouteille.

- Mais comment le trouver ? Si cela se trouve il a eu des filles qui se sont mariées et donc on ne sait plus quel nom chercher.

Zoé secoua la tête avec détermination.

- NOSTRADAMUS a fait en sorte que nous puissions trouver les indices, donc qu'ils soient accessibles jusqu'à notre arrivée. Nous allons suivre cette piste et si cela ne donne rien on verra par la suite, d'accord ?

Tous hochèrent la tête, ils avaient hâte de découvrir ce fameux testament, même Sophie plutôt réticente au départ faisait preuve maintenant d'une excitation qui fit sourire Zoé.

- Comment on procède ? Demanda Nicolas en fronçant les sourcils.

- Facile ! Nous avons dans nos connaissances un inspecteur, notre ami CHABAUD, il pourra sûrement nous avoir la liste de tous les BERNUS de la région ?

Marc se mordilla les lèvres.

- Et si cela nous entraîne beaucoup plus loin ? De nos jours les gens bougent beaucoup.

Zoé avait la conviction profonde, que NOSTRADAMUS avait tout prévu, cet homme était méticuleux. Il avait conscience d'avoir commis des erreurs dans ses dernières prédictions, alors il avait dû prendre toutes ses précautions. Elle prit une grande respiration.

- Nous allons en premier lieu établir la liste, ensuite nous rayonnerons. D'abord ceux qui habitent juste à côté puis de plus en plus loin. Il ne doit pas y en avoir des milliers quand même des BERNUS ?

Ils retournèrent au Mas pour faire part à Nanny de leurs dernières découvertes et surtout, ils avaient besoin de l'aide de l'inspecteur CHABAUD qu'elle s'empressa d'appeler.

Pendant ce temps Mathieu s'amusa à pianoter sur son clavier.

- Waouh ! Vous ne devinerez jamais ? Il y a en France deux cent quatre-vingt-treize personnes qui portent ce nom. Vous imaginez ? On va y passer un temps fou pour vérifier. On devra peut-être se partager le travail ?

- Non, Mathieu, précisa Zoé en le regardant avec attention. À partir de maintenant nous restons ensemble, nous touchons au but. Si vraiment nous ramons il sera toujours temps d'agir autrement. De toute façon nous nous intéresserons à ceux qui habitent dans le coin en premier lieu.

Nicolas revint en brandissant une liste qu'il tenait joyeusement à la main.

- Je l'ai, je viens juste de l'imprimer. Il y en a un sacré paquet, dit-il en faisant une grimace, mais en premier, nous avons ceux qui habitent près d'ici.

- Combien, de BERNUS près de Salon de Provence ? Le coupa hâtivement Zoé.

- Hum ! Une bonne quinzaine.

- Ouf ! Super, on va commencer par ceux-là, décréta Marc avec enthousiasme.

- Attendez une minute ! Les interrompit Sophie. On fait comment ? On ne va quand même pas arriver et dire, salut on ne vous aurait pas remis un courrier pour nous qui daterait de… oh ! Attendez, environ cinq cent ans ! dit-elle en mettant les mains sur ses hanches.

Ils grimacèrent tous, en soupirant.

- C'est vrai, ils vont nous prendre pour des fous, confirma Mathieu d'un air désespéré.

Mais Zoé souriait.

- Pas besoin !

- Comment ça ! Pas besoin ? Que veux-tu dire ? L'interrogea Nicolas intrigué.

- Vous oubliez, la maison ! Ce long mur que je longe, ce portail avec les aigles noirs. Trouvons la maison de ce BERNUS là, et nous saurons que c'est le bon.

- Super pas besoin de s'expliquer à chaque fois ? Juste retrouver cette maison ? Demanda Amir en souriant heureux de voir que la situation s'éclaircissait.

- Exactement ! Confirma Zoé en leur faisant un clin d'œil.

- Alors qu'attendez-vous pour partir ? S'écria Nanny en tapant le sol avec sa canne.

Dans un grand éclat de rire, ils décidèrent de commencer leurs recherches dès le lendemain matin, la nuit commençant déjà à tomber.

CHAPITRE 12

Zoé se retourna toute la nuit dans son lit, Grima miaula et vint se coller tout contre elle.

- Tu crois qu'on va y arriver Grima ? Dit-elle en le caressant. J'espère que nous sommes sur la bonne voie, que nous n'avons pas mal interprété les signes.

Grima la patouna, ce qui fit rire Zoé, ce chat était devenu un membre de sa famille, impossible d'imaginer maintenant la vie sans lui.

Le lendemain matin tout le groupe se retrouva autour d'un solide petit-déjeuner organisé par Nanny. Une exaltation s'emparait d'eux. Ils avaient tellement envie de découvrir enfin, ce fameux testament. Nicolas et Mathieu barrèrent tous les noms improbables, ceux qui vivaient dans le centre-ville.

- C'est bon on a établi une liste, nous pouvons y aller s'écria joyeusement Nicolas.

- Il faut que nous prenions encore deux voitures précisa Sophie, nous nous suivrons.

Mais au moment de démarrer, GRIMA sauta sur le capot de la voiture de Nicolas.

- Bon sang ! Mais que fait-il ? S'écria Nicolas en le regardant.

Nanny s'approcha, le prit dans ses bras.

- Je crois qu'il veut venir avec vous, dit-elle en riant.

- Mais enfin on ne peut pas prendre un chat avec nous. Ce n'est pas un petit chien qu'on tient en laisse, intervint stupéfaite Sophie.

- Qu'en penses-tu, Zoé ? Demanda Nanny en la fixant de son regard bleu intense.

Zoé prit une grande respiration.

- Je le comprends. Il restera avec moi, répondit-elle en prenant GRIMA dans ses bras, celui-ci grimpa sur son épaule.

- Ah ! Dis donc quelle équipée, ils vont nous voir arriver, on va se faire jeter, murmura Sophie en bougonnant.

Mais maintenant tout le monde connaissait son grand cœur et un éclat de rire général se fit entendre.

Ils visitèrent dix maisons sans le moindre succès. Le découragement commença à les gagner. Zoé était en proie au doute, repassant dans sa tête tous les détails de leur enquête, en avait-elle négligé un ?

- Bon la prochaine se trouve sur PÉLISSANNE, c'est un petit village juste à côté. On commence un peu à s'éloigner. Je programme l'adresse, mais cela à l'air en pleine campagne, en dehors du village, précisa Nicolas.

Ils cherchèrent un bon moment, leur GPS semblant un peu désorienté. Ils aperçurent un monsieur qui promenait son chien, le mieux était de demander leur route. GRIMA se mit à gronder fortement et Zoé le retint contre elle.

- Laisse j'y vais, précisa Nicolas, toi reste dans la voiture avec Sophie.

Nicolas revint, l'air dépité.

- Il faut continuer cette petite route. On était au bon endroit, ce n'est plus très loin, la mauvaise nouvelle c'est que ce BERNUS est décédé il y a six mois. Sa petite fille aurait hérité de sa maison d'après lui, et de gros travaux ont eu lieu. Il se tourna vers Zoé. Que fait-on ? On va voir le prochain sur la liste ?

Zoé se mordilla les lèvres, et caressa GRIMA en réfléchissant.

- On est si près, si cela ne te dérange pas, j'aimerais bien la voir cette maison ?

Nicolas garda le silence quelques minutes.

- Tu as raison ne négligeons rien, même si la bâtisse est presque entièrement refaite on doit la voir.

Nicolas alla expliquer la situation au reste du groupe qui suivait dans la voiture d'Amir. Ils étaient tous du même avis, aucun détail ne devait être négligé.

Zoé regarda par la vitre, étrangement le chemin lui sembla familier, des picotements sur sa nuque et les battements frénétiques de son cœur lui firent comprendre qu'elle approchait du but. Elle s'humecta les lèvres. Mais les mots restèrent coincés dans sa gorge. Elle était figée de stupeur, le portail en fer forgé était encadré par deux colonnes surmontées chacune d'une tête d'aigle de couleur noire. Comme dans son rêve.

Nicolas gara la voiture, Amir en fit autant, tous se précipitèrent vers elle.

- On dirait ce que tu as nous a décrit non ? Demanda Marc.

Zoé hocha la tête, descendit doucement avec GRIMA sur son épaule. Elle s'approcha des colonnes qu'elle observa de plus près. Aucun doute possible, elle se retourna vers ses amis.

- C'est ici ! On y va ?

- Oh, oh, oh ! Et s'il y a des gros chiens ? Interrogea Sophie en montrant GRIMA. Tu crois que c'est prudent d'y aller avec lui ?

Zoé fixa attentivement son petit ami, il semblait très calme et de son regard vert, il la rassura.

- En cas de danger GRIMA se sauvera, il doit venir avec nous.

- Bon ! Mais alors, laisse-moi parler, précisa Nicolas, toi tu restes en retrait avec GRIMA, sinon ils vont nous prendre pour des fous en nous voyant. Tu imagines, une bande débarque chez eux, avec un chat sur l'épaule, comme des pirates d'un autre âge.

Zoé sourit à cette comparaison, et accepta de bon cœur. De toute façon elle était encore sous le choc de cette découverte. Son rêve prenait vie.

Ils aperçurent un tas de gravier, des sacs de ciment qui trainaient un peu partout. Du carrelage était posé en tas près de l'entrée. C'était une bâtisse très ancienne, sur le fronton de la porte apparaissait une date, mille six cent trois. La maison très modeste à la base, avait déjà été agrandie par le passé.

- Pourvu qu'ils n'aient pas déjà tout détruit. Cette maison a déjà subi des transformations, murmura Amir en l'observant de plus près.

Une jeune femme brune, enceinte d'environ six mois s'approcha d'eux d'un air étonné. Heureusement, elle avait un grand sourire sur les lèvres. Zoé soupira comment lui expliquer la situation ? C'était loin d'être gagné.

Nicolas la salua et lui raconta qu'ils étaient des étudiants qui recherchaient des documents dans de vieilles maisons, d'où leur intérêt pour cette ancienne demeure.

La jeune femme parut très intéressée, elle était professeure d'histoire dans un collège. Cette quête sembla l'amuser.

- C'est vrai, dit-elle que cette maison est très ancienne. Vous avez vu la date sur le fronton de la maison ? Mais au cours des siècles, elle a connu beaucoup de travaux. Je ne pense pas que l'on puisse retrouver quoi que ce soit, je suis désolée.

- Madame s'il vous plait, intervint Sophie. Nous avons mené une enquête si longue, pourriez-vous nous laisser juste jeter un œil ? Nous vous promettons d'être le plus discret possible, de ne pas vous déranger dans vos travaux, vos ouvriers ne remarqueront même pas notre présence.

La jeune femme s'arrêta surprise. Elle posa une main sur son ventre proéminent, semblant réfléchir.

- Non, il n'y a aucun ouvrier, juste mon mari et moi. Écoutez, je vais lui demander son avis.

Elle se tourna vers la maison appelant un certain Éric. Des pas se firent entendre. Zoé s'humecta les lèvres, pourvu qu'il soit compréhensif et leur accorde juste cinq minutes, le temps de trouver cette cheminée. Mais en le voyant sortir sur la terrasse, ce fut la stupeur, elle ne put retenir un cri.

- Monsieur LAMANON ! Mais que faites-vous ici ? S'écria stupéfait Mathieu.

Ce dernier fronça les sourcils.

- Vous ne manquez pas de culot ! Ce serait plutôt à moi, de vous poser la question. Que faites-vous chez-moi ? Dit-il en les détaillant un par un. Et vous Zoé vous me faites quoi là ? Un remake de Pirate des CARAÏBES !

De tous les hommes sur terre, il fallait qu'ils tombent sur lui. Zoé jeta un regard noir à GRIMA.

- Oh ! Toi lui chuchota-t-elle, je te retiens, pour une surprise, c'en est une. Comment tu veux qu'on y arrive ?

Courageusement elle fit un pas en avant, les autres étant toujours sous le choc.

- Monsieur LAMANON je suis désolée de vous déranger, mais nous sommes à la recherche d'un document très important, nous pensons le trouver dans cette maison. Laissez-nous juste quelques minutes, et ensuite nous vous laisserons tranquilles.

Il les observa d'un regard noir en croisant les bras sur son torse.

- Pas question ! C'est encore une de vos manigances Mathieu ? Demanda-t-il en le fixant.

- Non pas du tout ! Se défendit ce dernier. Monsieur LAMANON vous devez reconnaître que cette année j'ai bien changé. Je suis sérieux et tous les autres aussi. Ce que vous dit Zoé est la stricte vérité.

- Éric, tu devrais peut-être les écouter ? Intervint son épouse.

Monsieur LAMANON prit une grande respiration en les dévisageant.

- N'importe quoi ! Juste dans notre maison ! Comme par hasard. Je les connais Céline dit-il en se tournant vers sa femme, ce sont des petits plaisantins et demain nous serons la risée des réseaux sociaux. Un professeur crédule tombant dans un piège, ils raffolent de ça les jeunes, tu le sais bien. Pas question de prêter le flanc aux critiques. Allez- vous amuser ailleurs, avant que je ne me mette vraiment en colère, dit-il en levant péniblement un sac de ciment.

Marc se précipita pour le lui prendre.

- On va vous aider si vous le voulez bien, toi Amir va chercher notre arme fatale.

Monsieur LAMANON releva la tête, surpris de la tournure des évènements.

- Quelle arme fatale ? Qu'avez-vous donc encore imaginé ?

Oui, de quelle arme parlait-il ? Zoé elle-même avait du mal à suivre.

- Tu vas chercher Nanny, il n'y a qu'elle pour leur faire comprendre l'importance de nos recherches, reprit Marc en regardant Amir.

Tout le groupe hocha la tête, en souriant. C'est vrai que Nanny et sa force de persuasion était la seule à pouvoir faire changer d'avis monsieur LAMANON. Amir courut vers son véhicule.

- En attendant, on vous aide monsieur, insista Marc, vous êtes d'accord ? Quinze minutes de votre temps et en échange une main d'œuvre gratuite.

L'homme hésita, mais en se frottant le dos douloureux, il opina, et commença à distribuer le travail. Comme d'habitude Sophie bougonna que ses talons n'étaient pas faits pour travailler dans la poussière. GRIMA sauta de l'épaule de Zoé et alla se frotter contre les jambes de Céline, l'épouse de monsieur LAMANON qui se baissa pour le caresser.

- Pourquoi vous promenez-vous avec un chat sur l'épaule ? Demanda-t-elle en souriant tendrement.

- Je te dis qu'ils sont bizarres, murmura son mari à son oreille.

Zoé sourit. En fait, elle sentait que ce dernier se détendait et Nanny sûrement arriverait à les convaincre.

Celle-ci arriva rapidement avec Amir. Sa prestance eut pour effet de retenir l'attention de monsieur LAMANON et de son épouse.

- C'est une histoire abracadabrante, répliqua celui-ci après avoir écouté le récit de Nanny.

Il se tourna vers Amir.

- C'est une comédienne que vous avez engagé ?

Nanny outrée tapa le sol avec sa canne.

- Comment osez-vous ! Je suis une femme respectable, elle commença ensuite à égrener les noms de notables de la ville faisant parties des gardiens.

Monsieur LAMANON devant cette autorité naturelle, resta un long moment silencieux. Sa femme Céline, mit sa main sur son épaule.

- Éric je suis professeure d'histoire, forcément ces révélations me passionnent. C'est vrai dit-elle en regardant Nanny qu'on sait depuis toujours que celui qui hérite de cette maison ne doit pas toucher à la partie la plus ancienne, mais je n'ai jamais su pourquoi. On prétendait, que le malheur s'abattrait sur sa descendance. Comme personne, je suppose n'avait envie de vérifier cette prédiction, la vieille maison est restée en l'état. Les travaux d'agrandissement se faisant autour.

- Attends ! Ne me dis pas que tu commences à croire à cette histoire ? Intervint son mari.

Elle le regarda avec attention.

- Éric nous sommes fatigués, aujourd'hui. Tu as déjà mal au dos. Pourquoi ne pas faire une pause bien méritée ? Cela nous permettra de vérifier cette prédiction. Je trouve fascinant la présence du blason de NOSTRADAMUS sur nos colonnes à l'entrée. Oui je veux savoir, conclut-elle avec détermination.

Son mari soupira longuement, puis se tourna vers les garçons.

- Bon, mais à une condition. Vous devrez venir m'aider les trois jours qui restent de vacances, j'ai besoin d'aide pour monter le matériel .Seul je n'y arrive plus. Qu'en dites-vous ?

Ils se regardèrent sans grand enthousiasme, mais impossible d'en rester-là.

- D'accord précisa Marc en observant ses amis. Mais moi, je commence dans deux jours à travailler dans la pâtisserie de la mère de Mathieu, donc je viendrai après mon travail.

- Nous viendrons aussi, s'exclama Zoé je suis certaine que l'on peut aider n'est-ce pas Sophie ?

Celle-ci accepta d'un air renfrogné, comme d'habitude.

- Mais nous devrons d'abord aller au bout de notre découverte, précisa Zoé en tendant la main vers son professeur.

Celui-ci se mit à sourire pour la première fois. Et accepta cette offre.

- Attention, le premier qui parlera de tout ça à l'université aura à faire à moi et vous le savez l'année est loin d'être finie, dit-il en les menaçant de son index.

- Éric ne te fais pas plus méchant que tu n'es. En plus, je suis certaine que toi aussi, tu as envie de savoir. Tu te rends compte ! On parle de NOSTRADAMUS et tout coïncide. Je veux savoir, dit Céline avec un grand sourire.

Monsieur LAMANON essuya ses lunettes avec son tee-shirt avant de les rajuster.

- C'est vrai, dit-il en souriant à Nanny, que cela serait une grande aventure, pour un professeur de mathématiques comme moi qui ne croit qu'au réel, cela paraît impensable mais pourquoi pas !

- Bon on commence par où ? Intervint Céline en tapant dans ses mains comme une enfant.

Zoé raconta précisément son rêve.

Monsieur LAMANON fronça les sourcils.

- Il n'y a pas d'escalier, dans la partie ancienne. Juste une cuisine et un grand salon. Au-dessus c'est un immense grenier. L'escalier se trouve dans la partie récente au centre de la maison et dessert c'est vrai, un couloir et les chambres, dit-il en regardant Zoé.

- Je peux voir cela s'il vous plait ? Demanda-t-elle doucement.

Tout le monde se dirigea vers la maison, l'escalier était imposant mais ne ressemblait en rien à son rêve. Le désespoir gagna Zoé et ses amis.

- Attendez ! S'écria Céline, mon grand-père me racontait souvent, qu'il jouait dans l'escalier qui se trouvait à l'époque dans le salon. Pour agrandir cette pièce, ils ont reporté l'escalier dans la nouvelle partie, devenue le centre de la maison.

- Mais, il n'y a plus rien chérie.

- Non ! C'est vrai, juste une trappe au-dessus de la cuisine pour accéder au grenier.

- Qu'y a-t-il dans ce grenier ? Demanda Nicolas.

- On ne s'en est pas occupé, c'est trop inaccessible et nous avons tant de travaux de ce côté soupira monsieur LAMANON.

- Alors allons voir ? S'écria joyeusement Mathieu.

Il y avait effectivement une trappe. Amir approcha une échelle.

- Tu veux y aller en premier Zoé ? Lui demanda-t-il.

GRIMA venait de sauter sur la table de la cuisine et cligna des yeux en la regardant. Elle soupira longuement, Amir venait d'ouvrir la trappe puis redescendit pour la laisser passer. GRIMA sauta à ses côtés. Il faisait si sombre qu'elle dut attendre quelques instants avant de bien percevoir les lieux, elle sourit en regardant ses amis qui avaient tous la tête levée.

- C'est un couloir qui dessert des pièces comme dans mon rêve et au fond une porte qui me semble familière, j'y vais.

- Oh bon sang ! Attention Zoé, regardez où vous mettez les pieds s'écria monsieur LAMANON.

- De toute façon on va y aller aussi, insista Marc en commençant à monter derrière Zoé. Nanny, Céline, on vous racontera.

- Moi aussi je monte précisa monsieur LAMANON à la surprise générale. J'ai envie de connaître le fin mot de cette histoire. C'est fou quand même !

Il embrassa sur les lèvres sa femme qui riait de le voir si enthousiaste.

- Attention nous sommes nombreux, regardez où vous mettez les pieds, murmura Amir.

Zoé se dirigea le cœur battant vers la porte du fond. Qu'allait-elle découvrir ? Elle ne put s'empêcher de se tourner vers tous ses amis, tous leurs visages exprimaient l'impatience. Elle tourna la poignée doucement. Un nuage de poussière s'éleva, l'endroit était très sombre, une lucarne apportait un semblant de lumière.

- Il n'y a pas de fenêtre, à part ce petit truc ? Demanda Mathieu en plissant les yeux.

- Le toit et les murs ont été refaits, précisa monsieur LAMANON. Ce que je ne comprends pas, c'est pourquoi avoir enlevé toutes les fenêtres ? Il y a deux autres pièces sans la moindre ouverture extérieure, j'ai regardé à l'instant.

- Comme si on avait voulu préserver ces lieux, les rendre invisibles, murmura Amir en regardant autour de lui.

Zoé était muette, le regard fixé sur une vieille cheminée en pierre. Doucement elle s'approcha, GRIMA la suivait de près. Elle contourna des objets entassés qui la dissimulait en partie, les garçons l'aidèrent en les déplaçant. Elle sentait les battements de son cœur dans sa gorge, c'était exactement comme dans son rêve.

Elle se retourna brusquement, craignant de voir apparaître le squelette de NOSTRADAMUS la menaçant, ouf ! Il n'y avait rien. Elle s'approcha d'un peu plus près, s'agenouilla, observant chaque pierre. L'une d'elle retint son attention. Zoé frotta avec sa main pour rendre plus visible les marques incrustées, dessinées par la main de l'homme. Elle resta figée de stupeur, la roue brisée aux huit rayons, le blason de NOSTRADAMUS.

Ce fut la voix de monsieur LAMANON penché sur son épaule qui la ramena à la réalité.

- Ça par exemple ! Ce n'est pas un des symboles sur le blason de NOSTRADAMUS ? Demanda-t-il estomaqué par cette découverte.

- Oui, murmura Zoé sous le choc. Elle se retourna vers ses amis. Nous l'avons trouvé, il est là.

- Bouge Zoé ! On va t'aider. Il y a peut-être un système ?

- Regarde ! Le coupa Amir, un des rayons est plus long, pourquoi ? Ce n'est pas le cas sur le blason.

- Oh ! Attends mec, il a tracé cela à la main tu ne peux pas avoir un truc parfait, répondit Marc.

Zoé passa la main sur la roue, effectivement ce rayon dépassait. On savait que cet homme était un sculpteur hors pair. Une telle erreur était plutôt étrange. Sophie qui malgré ses talons avait voulu les suivre, prit la parole.

- Regardez ! Sur l'autre côté de la cheminée il y a une tête d'aigle. Elle n'était pas dans ton rêve Zoé ?

- Non ! C'est vrai. Mais pourquoi ? Ils se tournèrent tous vers monsieur LAMANON en quête d'une réponse.

- J'en sais rien moi, je ne suis que professeur de mathématiques. C'est vous les petits génies de NOSTRADAMUS.

Zoé assise sur ses talons mit les mains sur ses cuisses observant les deux symboles attentivement. Elle passa les doigts sur les contours de la roue. Celle-ci n'était en fait pas sculptée dans la pierre, mais incrustée dans celle-ci. Elle essaya de la faire pivoter, mais avec très peu de prise n'arriva pas à la faire bouger. De toute façon, cette idée était sûrement idiote ! Pensa-t-elle.

- Attendez ! Laissez-moi vous aider, insista monsieur LAMANON en prenant sa place. Que vouliez-vous faire ?

- Je me demandais si on ne devrait pas aligner le rayon le plus long, vers la tête d'aigle ?

- Génial ! S'écrièrent en même temps ses amis.

Après bien des efforts monsieur LAMANON se tourna vers Mathieu.

- Allez demander à ma femme de vous passer ma caisse à outils ? Et dépêchez-vous, s'il vous plait, dit-il avec un grand sourire. Je n'en peux plus d'attendre, c'est quand même plus amusant que de poser du carrelage, je l'avoue.

Tout le monde éclata de rire. Mathieu revint promptement. Monsieur LAMANON farfouilla et se saisit d'une grosse pince.

- Voilà ! Avec ça, il va tourner ce rayon je vous le garantis.

Effectivement, il pivota très doucement vers la tête d'aigle, un bruit de pierre se fit entendre et de la poussière tomba du fond de l'âtre. Zoé se pencha, ôta la pierre qui venait de se desceller. Tout le monde était agglutiné derrière elle. Zoé en ressortit des rouleaux de papiers anciens, protégés par une peau en cuir.

- Tu crois que c'est le testament ? S'écria joyeusement Sophie.

- Ohé ! Vous avez trouvé quelque-chose ? On veut voir nous aussi, hurla Céline.

Ils se regardèrent tous, heureux de cette découverte.

- On va vite le savoir, précisa joyeusement Zoé qui vérifia ne rien avoir oublié dans cette cachette. Mais Céline a raison, redescendons. Nous devons tous regarder ensemble.

Une fois les documents déposés sur la table de la cuisine, un grand silence régna.

- Je n'en reviens pas, je vis un grand moment d'histoire, murmura doucement Céline.

Son mari l'embrassa tendrement sur la tempe.

- Oui, et j'en frissonne encore, dit-il les yeux fixés sur les documents.

- Bon alors, qu'est-ce qu'on attend ? Demanda Nanny d'une voix autoritaire. Ouvre les Zoé.

Zoé regarda chacun des convives.

- Non ! À vous l'honneur Nanny.

Celle-ci la regarda, émue d'autant de prévenance.

- Bon ! Mais dépêchez-vous ! S'écria impatiemment Sophie, faisant pouffer de rire l'assistance.

- Nous avons peut-être là le fameux testament, c'est un grand moment murmura Nanny en défaisant le premier rouleau.

C'était en fait des plans.

- C'est quoi ? Demanda Marc surpris.

- Les plans de la première fontaine. Regardez dit-elle en montrant le schéma. C'était ingénieux, on aperçoit la cavité qui devait renfermer la bouteille contenant le testament. Vos ancêtres étaient de sacrés sculpteurs dit-elle en regardant Céline, et sûrement les premiers gardiens.

- Je pense que c'est le jeune-homme qui joue avec des pierres dans mon rêve. Sûrement le tout premier gardien et le premier sculpteur de votre famille.

Céline émue regarda son mari et mit sa main sur son cœur. Nanny défit prestement le deuxième rouleau qui contenait un texte.

- Waouh ! C'est du chinois s'exclama désabusé Mathieu. C'est le testament ?

- Mais non, ignorant ! C'est du Provençal, précisa avec autorité Nanny. Non ce n'est pas le testament, c'est curieux.

Céline grimaça.

- Mon Provençal est un peu rouillé, de quoi s'agit-il ?

- Ce texte date de mille sept cent-soixante-quinze. Il précise que suite à la reconstruction de la nouvelle fontaine. Le précieux dauphin fut remis à …Ça par exemple, la famille PEYNIER.

- Quoi ! S'écria Nicolas. Mais on ne l'a pas ce dauphin. Il a remis le testament à notre famille pourquoi ?

Nanny fronça les sourcils et continua de lire avec application.

- Il l'aurait remis à une famille de gardiens, en l'occurrence la nôtre. Dire que depuis tout ce temps on l'avait, mais où ?

Zoé souriait les bras croisés. Elle regarda GRIMA qui la fixait avec attention, ce petit curieux n'avait pu s'empêcher de sauter sur la table. Comme s'il ne voulait rien rater des découvertes.

- GRIMA et moi on le sait.

- Comment ça ? De quoi parles-tu ? Demanda Nanny stupéfaite.

- Votre fontaine qui se trouve juste devant l'entrée, elle comporte un dauphin, je l'avais remarqué le jour de mon arrivée. Depuis quand l'avez-vous ?

Nanny regarda son petit-fils d'un air ahuri.

- Je n'en sais rien, elle a toujours été là.

- De quand date la maison ? Insista Zoé.

- Depuis… Elle fronça les sourcils, depuis mille sept cent soixante-dix je crois, murmura-t-elle doucement. Tu crois que depuis tout ce temps, le testament se trouvait devant mes yeux ?

- C'est logique, répondit en souriant Zoé, NOSTRADAMUS a fait en sorte que les indices subsistent, Quel meilleur endroit que les mettre à l'abri chez des gardiens. On retourne chez-vous Nanny.

- Quoi ! Attends tu ne vas pas me démonter ma fontaine ? J'y tiens moi s'exclama Nanny en la suivant.

- On verra Nanny, on verra ! Le prix de la vérité c'est peut-être le sacrifice de votre dauphin, dit-elle d'un air mutin en se dirigeant vers la porte, avant de se retourner brusquement.

- Céline, monsieur LAMANON, je vous remercie sincèrement de votre aide. Je prends tous les documents, mais quand nous aurons terminé notre quête, je vous rendrai les plans, vous pourrez les faire encadrer en hommage à votre ancêtre.

- Attendez ! Pas si vite, nous venons avec vous. Pas question d'en rester là. Nous voulons nous aussi connaître le fin mot de cette histoire.

Sa femme poussa un long soupir.

- Ah ! Éric j'ai cru que tu ne le proposerais pas, merci, dit-elle en l'embrassant sur la joue. Je veux vivre cette page d'histoire.

- Il reste de la place dans ma voiture s'écria Amir, venez ! Il faut y aller j'ai hâte.

Tous se précipitèrent dans les véhicules.

CHAPITRE 13

De retour au Mas, tous se précipitèrent autour de la fontaine. Ils observaient le dauphin dans un grand silence. Puis Nanny poussa un petit cri de surprise.

- Oh ! Regardez à la base du dauphin une croix avec un « B » c'était la signature de BERNUS, comme tous les tailleurs de pierre, il avait la sienne. Donc cela confirme que ce dauphin faisait bien partie des quatre. Mais comment savoir que c'est le bon ?

- On va vider la fontaine et le démonter, confirma avec détermination Nicolas.

- Ooooh ! J'y tiens ne me le cassez surtout pas les enfants.

Nanny invita Céline et monsieur LAMANON à patienter dans le salon en attendant que la fontaine soit vidée. En cette fin d'Octobre le temps était frais. Marie improvisa un pique-nique dans le salon. Les garçons s'activaient avec frénésie autour de cette fontaine.

- Quelle aventure ! S'exclama monsieur LAMANON en les regardant travailler par la baie vitrée.

- Ce sont de bons petits, précisa doucement Nanny qui se tenait à ses côtés.

- Vous avez raison, et dire que je les trouvais bizarres, dit-il en riant.

Nicolas revint en courant vers la maison.

- C'est bon ! Elle est vide, venez !

Tout le monde se retrouva autour de la sculpture.

- Comment procède-t-on ? Demanda Marc.

Amir agenouillé, au pied du dauphin observait celui-ci avec attention.

- On dirait qu'il n'est pas fixé à la base, juste posé, comme sur le plan. Peut-être est-il creux en partie et enfoncé sur les tuyaux qui permettent le jet d'eau. On devrait tenter de le soulever. Nicolas et toi Mathieu, mettez-vous de ce côté, dit-il en leur désignant leur emplacement.

Ils durent si reprendre à plusieurs reprises, Marc les rejoignit ainsi que monsieur LAMANON.

- Il pèse un âne mort ce truc, geignit Marc en soufflant. Monsieur LAMANON vous allez vous tuer le dos.

- Oh ! Commencez par arrêter avec votre monsieur LAMANON appelez-moi Éric tout simplement. Oh ! Mais, attendez ! Je sens qu'il vient, ça y est !

Des cris de joie se firent entendre. Ils déposèrent le dauphin à côté de la fontaine puis restèrent figés dans un silence oppressant, ils l'observaient. Zoé se mit à trembler d'appréhension qu'allait-elle découvrir ? GRIMA surgit de nulle part, se frotta contre ses jambes pour la rassurer.

- Brave GRIMA dit-elle en se penchant pour le caresser.

Elle s'approcha avec Amir et Éric à ses côtés. Nicolas, Mathieu et les autres étaient penchés sur leurs épaules.

- Regardez dit-elle en mettant son doigt sur une marque située à la base qu'elle frotta de sa main pour enlever les salissures. C'est le blason de NOSTRADAMUS la roue à huit rayons.

Elle tourna la tête vers Nanny.

- Nous avions raison, dit-elle dans un grand sourire, c'est la bonne sculpture.

- Oui, mais nous n'avons pas encore le testament ! Bougonna Sophie, nous fêterons la victoire, une fois que nous l'aurons, pas avant ! Allez dépêche-toi Zoé, j'ai hâte.

Tout le monde pouffa de rire. Les garçons le basculèrent sur une bâche afin de mieux observer le dessous de ce mystérieux dauphin. Il y avait un énorme socle rectangulaire.

- Tiens ! Regarde ce trou sert à faire passer la tuyauterie pour le jet d'eau, mais là cette partie, dit-il en montrant à Zoé l'autre côté du socle c'est quoi ?

Zoé regarda attentivement au centre de cette partie, il y avait comme une roue, mais cette fois-ci chaque rayon était en fait creusé dans la pierre profondément.

- C'est étrange ? Pourquoi avoir creusé aussi profond ? Murmura Éric.

Céline qui venait de se pencher un peu plus, fronça les sourcils.

- C'est le symbole de NOSTRADAMUS, mais il est différent on dirait …

- Une serrure ! La coupa Zoé.

- Oui exactement ! Confirma Céline. Mais on n'a pas de clé ?

- Non soupira désespérée Nanny, et Zoé tu n'as pas eu d'autres indices n'est-ce pas ? On ne va quand même pas casser ce dauphin ?

- Il faut ce qu'il faut Nanny dit Nicolas en se redressant. Si vraiment il renferme ce testament, nous n'aurons pas le choix, c'est bien trop important.

- Pas sûr, les interrompit Zoé.

Elle se leva marcha de long en large à côté de la fontaine, puis revint vers ses amis.

- Nous savons que chaque détail compte, n'est-ce pas. Tous ont trouvé leur place dans notre énigme sauf un !

- Lequel s'exclamèrent-ils en chœur.

- Nanny, nous en avons omis un. Le tout premier de mon rêve, dit-elle en fixant sa canne. Je pense que la petite fille qui apparaît dans mon rêve était l'ancêtre de la famille PEYNIER. Je la vois repartir avec une bourse et un objet, je pense que c'est votre canne.

Zoé ouvrit grand les bras, devant l'air stupéfait de ses amis.

- C'était avec BERNUS les deux premiers gardiens. Voilà pourquoi le secret fut gardé par vos deux familles. Quant à l'objet mystérieux que la petite fille protège cela devait être votre canne qui apparaît au début de mon rêve. Forcément ce signe devait avoir un lien avec NOSTRADAMUS.

Nanny serra sa canne sur son cœur choquée par ses propos.

- Depuis quand, est-elle dans votre famille ? Interrogea Zoé.

- Depuis… Depuis toujours. Mon arrière-grand-mère l'a transmise à ma grand-mère qui l'a transmise à son tour à ma mère et c'est ainsi depuis la nuit des temps. Aussi loin qu'on s'en souvienne, n'est pas Nicolas ?

- C'est vrai, j'ai toujours vu les personnes âgées de ma famille se transmettre cet objet.

- Pourquoi ? Insista Zoé.

Nanny semblait surprise par cette question, tous les regards étaient rivés sur elle.

- Bein ! Parce que depuis toujours on demandait que l'ainé des garçons de la famille PEYNIER transmette cette canne à leur fils aîné et en général les femmes l'utilisaient. Je devais donc la remettre à mon fils qui l'aurait remis ensuite à Nicolas. Ensuite bécasse l'aurait à son tour un jour utilisée.

- C'est qui ça bécasse ? Les interrompit Éric.

Sophie poussa un long soupir à fendre l'âme.

- C'est moi et ne me demandez surtout pas pourquoi.

Nicolas se pencha vers elle, en souriant tendrement.

- La bonne nouvelle ma puce, c'est que Nanny nous voit finir nos jours ensemble.

Sophie fronça les sourcils méditant ses propos et un sourire éclatant transforma son visage. Elle se tourna joyeuse vers Nanny.

- Merci lui dit-elle. C'est bien la première fois que ce nom me fait vraiment sourire.

Les autres pouffèrent de rire.

- Donc cette petite fille aurait épousé un PEYNIER créant ainsi cette dynastie de gardiens.

- Exact ! Nanny, maintenant donnez-moi votre canne s'il vous plait ? Demanda Zoé en tendant la main.

- Attention ! Vous m'avez déjà démonté ma fontaine, ne me massacre pas cette canne j'y tiens énormément. En plus je ne vois pas de clé, c'est idiot ! Et si tu te trompais ?

- Regardez précisa Zoé en passant les doigts sur les signes sculptés dans l'argent de la canne. On peut voir des étoiles, un soleil, une lune, tout ce qui symbolise NOSTRADAMUS.

- C'est vrai, confirma Céline qui observait les détails gravés. Zoé a sûrement raison.

Zoé passa sa main tout le long de la canne méticuleusement et revint vers le pommeau, on y voyait une fine ciselure à la base. Elle tira, tourna mais rien ne bougea.

- Passez-là moi ! Insista Éric en se saisissant de l'objet.

Il sortit de sa poche sa fameuse pince, Nanny poussa un petit cri horrifié.

- Décidément, elle est drôlement pratique votre pince Éric, précisa en souriant Amir.

Celui-ci sourit, puis serra le pommeau et força. Un bruit métallique se fit entendre, et doucement celui-ci se dévissa. En retirant la partie supérieure, on découvrit huit tiges sculptées en relief qui formaient en fait des rayons. Il l'observa un long moment en silence et remit la canne à Zoé.

C'est d'une main tremblante qu'elle mit cette immense clé, dans la serrure de pierre, elle dut s'y reprendre à plusieurs fois, ses mains moites glissaient, l'angoisse la tenaillait. Les soupirs de ses amis n'arrangeaient rien. Tout à coup, elle sentit la pierre se desceller, s'écarter légèrement. Quelque-chose venait de se déclencher. Les cris des garçons autour d'elle la galvanisèrent. Elle reposa la clé à côté d'elle, puis mit un pied sur la base du dauphin et de toutes ses forces tira sur la pierre, Nicolas l'attrapa même par la taille pour donner plus de puissance. Dans un grincement rocailleux, la pierre glissa, révélant une cavité renfermant une bouteille couverte d'une mixture blanche.

Zoé dut s'essuyer les yeux, des larmes coulaient sur ses joues, elle avait réussi ! Elle regarda GRIMA assis à ses côtés, ses yeux vert brillaient d'un éclat lumineux. Des cris de joie retentissaient autour d'elle.

Zoé tenait comme un trésor la bouteille pressée sur son cœur.

- Bon ! Dites-moi que cette fois-ci c'est plus simple, on peut la casser non ? S'exclama impatiente Sophie.

Ils pouffèrent tous de rire, c'est vrai qu'ils avaient hâte de découvrir enfin ce fameux testament et le message qu'il renfermait.

- Oh ! Oui, vas-y casse moi cette bouteille s'écria joyeusement Nanny.

- S'il vous plait, laissez-moi faire ? Demanda Amir, qui s'empara délicatement de la bouteille et la brisa doucement à sa base sur le bord de la fontaine. Il en sortit un rouleau de cuir renfermant des papiers, le tout étant solidement attaché. Il le tendit à Zoé.

Elle ne put s'empêcher de le porter à son visage. Dire que ces documents avaient été écrits par NOSTRADAMUS lui-même. Elle satura son esprit de cette odeur de renfermé, d'ancien. Jamais elle ne pourrait l'oublier. C'était comme un relais que le grand maitre venait de lui transmettre directement à … cinq cent ans près. Zoé ne put s'empêcher de sourire. Puis, en regardant tendrement Nanny, elle le lui tendit.

Celle-ci fut toute aussi émue.

- Dire que nous sommes les premiers à l'avoir entre les mains. Seul NOSTRADAMUS et BERNUS l'ont sûrement touché. Quel moment magique, unique. Venez rentrons tous au chaud. Nous allons enfin savoir ce qu'il voulait nous dire de si important.

Céline aussi était très émue de découvrir ce vestige du passé. Les deux femmes se penchèrent sur le document pour le déchiffrer. Mais Nanny mit sa main sur la sienne.

- Nous devons prévenir les membres de notre groupe c'est un moment solennel, ils voudront être là. Restaurez-vous pendant ce temps, je les préviens.

Un joyeux brouhaha se fit entendre dans le salon. Ils avaient accompli leur mission. Les membres de *Scientia Protectores Eius* arrivèrent rapidement. Une grande exaltation régnait. Ils s'enfermèrent dans le bureau avec Nanny, Céline et Éric.

- Pff ! C'est super-long soupira Sophie une fois de plus. Cela fait des heures qu'ils sont enfermés dans cette pièce. Il n'y avait pas un roman quand même, juste quelques pages.

- Oui, mais tu as vu le langage, ça ressemble à rien, murmura Marc, il faut déchiffrer ce machin.

Mathieu s'approcha de Zoé qui regardait pensivement la fontaine par la baie vitrée.

- Tu penses à quoi ? Tu as peur de ce qu'on va apprendre ? lui murmura-t-il doucement.

- Je n'en sais rien Mathieu. De toute façon notre vie est déjà différente, dit-elle en le regardant. Depuis l'instant où nous avons rencontré GRIMA, nous avons tous changé. Mais je trouve, dit-elle en souriant tendrement, qu'elle est plus passionnante. Une grande aventure, alors nous verrons bien !

- C'est vrai, répondit-il. Depuis que je te connais je vis de sacrés moments, et tu sais quoi ? J'aime ça. En plus nous formons un super groupe. Oui tu as raison quoi que ce testament nous réserve, cela ne peut être que du bon. Tu veux que je te rapporte un sandwich ? Demanda-t-il en s'éloignant.

Zoé sourit en le regardant partir vers la table. Depuis que tous les membres de l'ordre s'étaient enfermés dans cette pièce, elle se sentait en paix. Après tout elle avait réussi sa mission et garderait GRIMA c'est tout ce qui comptait. Celui-ci posa ses pattes avant sur ses cuisses. Elle se pencha et le prit tendrement dans ses bras.

- Qu'as-tu prévu pour la suite ? Petit coquin, car je suis persuadée que tu sais, ce qui nous attend.

- Au fait Zoé l'interrompit Sophie, en murmurant doucement près d'elle. Bon ! Et si tu me le disais maintenant ?

- Te dire quoi ? La coupa interloquée Zoé.

- Tu sais bien le nom du garçon ? Lequel du groupe. Car j'ai réfléchi on peut aussi compter Marc. Tu as parlé d'un garçon du groupe, mais Marc faisait partie du groupe à l'école dont il peut aussi être celui qui t'intéresse. Alors lequel ?

Zoé pouffa de rire. Décidément Sophie ne lâchait rien. Tout le monde ne pensait qu'au testament, mais elle, n'était préoccupée que par le nom de celui qui faisait battre son cœur.

Elle mit ses mains sur les bras de Sophie, et se pencha vers elle en souriant.

- Ah ! Sophie je t'adore, tu es unique. Je vais te dire un secret.

Devant l'air ébahi de son amie, elle poursuivit.

- Tu es ma meilleure amie.

Sophie prit un air renfrogné.

- C'est gentil, mais ce n'est pas un scoop, je suis ta SEULE amie !

- Chaque chose en son temps Sophie, ce n'est pas le moment. En plus je n'en sais rien.

- Comment ça tu n'en sais rien ? Reprit Sophie stupéfaite.

- Non ! Soupira Zoé. J'avais un jour reproché à GRIMA de ne m'envoyer que des cauchemars, des cadavres. Un soir il m'a apporté le plus beau des rêves. Je me vois sur le parvis de l'église vêtue de blanc, mon visage rayonne de joie. Je regarde la personne s'avancer vers moi et je sais que je l'aime de tout mon cœur. Mais je ne le distingue pas.

- Et ? C'est tout ? Dit-elle, en voyant son amie grimacer.

- Oui, après je me réveille. Tu connais GRIMA dit-elle en regardant tendrement son petit compagnon. Je crois qu'il a voulu préserver la magie de cette rencontre.

Sophie fronça les sourcils.

- Mais alors comment sais-tu que ce n'est pas Nicolas ? Et qu'il fait partie de notre groupe ?

- Parce que Nicolas se tient à tes côtés je te vois dans une robe magnifique, il t'embrasse sur les lèvres et tu es si heureuse. Ensuite tu te tournes vers moi. Et tu me dis « Voilà le deuxième mariage dans le groupe «

- Oh ! Ça veut dire que Nico et moi… On va… Sophie se tourna vers Nicolas et lui envoya un baiser du bout des doigts ce qui le fit sourire, puis elle se retourna vers Zoé en grimaçant. Je suis vraiment nulle parfois, j'aurais au moins pu dire son prénom. Bougonna-t-elle.

Zoé ne put s'empêcher de sourire.

- Non ! Surtout pas GRIMA a eu raison, c'est mieux ainsi, l'avenir nous le dira, dit-elle en faisant un clin d'œil à son amie.

Tout à coup la porte du bureau s'ouvrit, tous les membres, venaient de ressortir et les regardaient gravement. Nanny se dirigea vers la table et s'assit avec à ses côtés Céline, elle posa devant elle les documents.

Elle observa avec solennité chacun d'entre eux.

Zoé déglutit avec peine avec tous les membres se tenant droits derrière elle, on aurait dit un tribunal.

- C'est bien le dernier testament de NOSTRADAMUS, dit-elle d'une voix laconique.

Tout le groupe d'amis de Zoé s'extasia de joie.

- Mais que dit-il ? Demanda celle-ci avec impatience.

Nanny prit une grande respiration et la fixa avec attention.

- La première partie raconte un peu sa vie. Il avait des prédispositions pour les prémonitions, il lisait dans les roues. Mais son don s'est développé au contact du GRIMALKIN c'est là, qu'il a vraiment écrit ses centuries.

Nanny montra le deuxième feuillet.

- La deuxième partie est plus une liste de recommandations. Il reconnait avoir été submergé par ses visions et fatigué par la maladie. Il avoue avoir été victime de mauvais discernements. Il recommande une période de formation, pour s'habituer aux prédictions apprendre à les interpréter. Il tire les conclusions de son expérience. Le GRIMALKIN est entré dans sa vie trop tard. Il savait que le temps lui était compté, il s'est trop précipité, il avait tant à raconter.

- Comment ça une période de formation ? Interrogea Zoé surprise.

- Il faut apprendre à communiquer avec Le GRIMALKIN, le comprendre, comme vous l'avez fait au cours de cette mission. Vous avez su interpréter tous les signes. C'est ce qui est primordial, ne rien négliger. Cette recherche est exactement le genre de formation recommandée par NOSTRADAMUS. Il préconise de comprendre des évènements du passé pour mieux déchiffrer l'avenir par la suite. Car dans un futur proche tu devras interpréter notre futur, la tâche est rude et lourde pour l'avenir de notre civilisation.

- Je ne comprends pas ? On doit faire quoi ?

Nanny regarda les membres de son groupe.

- Pour l'instant vous devez continuer à vivre votre vie, de temps en temps tu auras des rêves, tu devras avec tes amis, mener à bien chaque mission.

C'est tout ? L'interrompit Zoé.

- Non ! Il donne aussi le nom du plus grand des messagers, celui dont l'histoire se rappellera.

- Et c'est qui ? Demanda Mathieu impatient.

- La Rebelle, répondit tranquillement Nanny.

Tous regardèrent Zoé ils étaient étonnés, ils espéraient que Zoé serait le messager du GRIMALKIN.

- Ce n'est pas Zoé ? Intervint avec stupéfaction Sophie.

- Ah ! Justement bécasse, sais-tu pourquoi je t'appelle ainsi ?

Celle-ci fronça les sourcils et répondit en soupirant.

- Je sais, car vous ne m'aimez pas beaucoup.

- Pas du tout ! La coupa Nanny. Savais-tu que ta grand-mère était ma meilleure amie. ? Ce surnom était le sien à l'école.

- Mais pourquoi ? Vous dites votre meilleure amie ? Mais je ne comprends pas, pourquoi vous m'insultez alors ?

- Je ne t'ai jamais insulté voyons ! Sais-tu ce que signifie ton nom de famille CARDILAGO ?

Sophie secoua la tête de plus en plus désemparée.

- Ton nom signifie bécasse, dit Nanny avec un petit sourire en coin. Tu comprends maintenant ? J'espérais juste qu'un jour tu me demanderais pourquoi ? Tu avais si peur de moi.

Sophie ouvrit grand la bouche de surprise et se jeta en pleurant dans les bras de Nanny, qui essuya elle aussi furtivement une larme.

Nanny se tourna alors vers Zoé.

- Et toi Zoé, sais-tu ce que signifie ton nom ?

Celle-ci depuis le début des révélations était sous le choc. Bien sûr qu'elle savait. Zoé s'humecta les lèvres avant de poursuivre.

- Mon… nom en Breton signifie la Rebelle.

Des cris se firent entendre. Zoé interrogea Nanny.

- Mais comment le savez-vous ?

- Tu imagines bien qu'avec mes amis ici présents, nous avons passé au crible ta vie. Nous étions tellement ébahis de ton arrivée, que nous voulions tout savoir.

- Donc l'interrompit Amir stupéfait, tu serais la plus puissante des messagères, celle qui surpassera NOSTRADAMUS ?

- Voilà pourquoi nous ne précipiterons rien. Nous avons tiré les leçons des erreurs du passé et sur les recommandations de NOSTRADAMUS, tu dois prendre le temps. Un grand pouvoir …

- Implique de grandes responsabilités conclut Zoé en souriant.

Nanny rajusta ses lunettes et continua.

- NOSTRADAMUS aussi voulait en savoir plus sur toi, sur vous, dit-elle en fixant le groupe. Le GRIMALKIN lui a donc offert un rêve. Il vous a vu dans votre quête, il a été fasciné par votre ingéniosité, vos audaces dues à votre jeunesse. Il aurait tant aimé vous connaître, et te rencontrer toi Zoé, il te décrit avec tant d'admiration. Il a vu ta vie, tes aventures, ton nom sera respecté de par le monde.

Cette nouvelle aurait dû la terroriser, mais en fait, elle ressentait une grande paix intérieure. Au fond d'elle, Zoé avait toujours su qu'un grand destin l'attendait, et avec GRIMA et ses amis, elle affronterait tous les défis. Elle leva les yeux vers le ciel, il avait voulu la connaître, quel honneur ! Son cœur s'affola à cette idée, elle saurait se montrer digne de sa confiance.

- Donc, elle doit se faire la main avec de nouvelles missions ? Pourquoi pas la recherche d'un trésor ? Demanda joyeusement Mathieu. Voilà qui serait motivant et amusant qu'en penses-tu Zoé ?

Celle-ci fixa GRIMA puis se mit à sourire.

- Nous verrons, je suis certaine que GRIMA a déjà tout prévu n'est-ce pas mon beau ?

Celui-ci se rua sur la table et s'empara d'une tranche de saucisson. Tout le monde se mit à rire.

- Je crois qu'il essaye de nous faire comprendre qu'il y a un temps pour chaque chose. Ce soir place à la fête, en plus nous avons deux membres de plus dans notre ordre, Céline et Éric qui garderont le secret avec nous, en perpétuant la tradition de leur famille, comme nous Nicolas, dit-elle en le regardant avec tendresse.

Nanny prit alors une coupe de champagne que venait de servir la fidèle Marie.

- Nous saluons donc l'arrivée de deux nouveaux amis, mais surtout la reconnaissance de la fille spirituelle du plus grand des plus grands.

Tous trinquèrent avec joie, chacun venant la féliciter, l'assurer de leur soutien. Zoé se promit de garder au fond de son cœur le souvenir de cette incroyable aventure. Non seulement, ils avaient trouvé le dernier testament de NOSTRADAMUS, mais surtout elle avait trouvé sa famille de cœur.

La vie reprit donc son cours, même si revenir à la réalité fut plus difficile que prévu. Maintenant monsieur LAMANON ou plutôt Éric les accueillait en classe avec un grand sourire. Tout le groupe se retrouvait chez eux le week-end pour les aider dans leurs travaux.

Chaque jour ses amis l'interrogeaient sur ses rêves, espérant une nouvelle mission trépidante. Mais Zoé savait que GRIMA avait encore de nombreux projets pour elle et ses amis, et c'est avec un sourire sur les lèvres qu'elle répondait systématiquement.

- C'est pour très bientôt. La patience est une vertu.

Table des matières

GRIMALKIN 11
CHAPITRE 1 7
CHAPITRE 2 17
CHAPITRE 3 39
CHAPITRE 4 48
CHAPITRE 5 62
CHAPITRE 6 78
CHAPITRE 7 88
CHAPITRE 8 99
CHAPITRE 9 107
CHAPITRE 10 118
CHAPITRE 11 133
CHAPITRE 12 142
CHAPITRE 13 159